FRANÇOIS BARCELO

C'est en 1981 qu'est paru le premier roman de François Barcelo, *Agénor, Agénor, Agénor et Agénor*. Depuis, ses livres se sont multipliés, formant une œuvre inclassable et bigarrée. Ils abordent avec humour et fantaisie plusieurs genres littéraires, de la science-fiction au roman de voyageur, en passant par l'essai, le polar, le roman jeunesse et, plus récemment, l'album illustré pour tout-petits. François Barcelo a été le premier Québécois publié dans la « Série noire », chez Gallimard, où il compte déjà plusieurs titres. Il habite le joli village de Saint-Antoine-sur-Richelieu, près de Montréal. Il a longtemps travaillé en publicité, pour abandonner ce métier en 1988. Depuis, il voyage beaucoup et écrit encore plus.

JE VOUS AI VUE, MARIE

À la fin des années 1980, un fait divers passionna l'opinion publique québécoise : une icône de la vierge Marie semblait verser des larmes. François Barcelo s'en est inspiré pour créer cette histoire dans laquelle la statue de Notre-Dame des Roses, dans le village du même nom, montre son postérieur à deux paroissiens : un vieux retraité, Agaric Meunier, et une jeune punk, Floralie Lahaise. Alertée, la population des environs et du Québec entier se sépare en deux clans. Les croyants ne peuvent admettre une apparition sacrilège. Les mécréants, eux, ont presque envie d'y croire. Et ce roman satirique se transforme bientôt en roman policier...

JE VOUS AI VUE, MARIE

FRANÇOIS BARCELO

Je vous ai vue, Marie

BIBLIOTHÈQUE QUÉBÉCOISE

BQ BIBLIOTHÈQUE QUÉBÉCOISE est une société d'édition admi-
nistrée conjointement par les Éditions Fides, les Éditions
Hurtubise HMH et Leméac Éditeur. BIBLIOTHÈQUE QUÉBÉ-
COISE remercie le ministère du Patrimoine canadien du soutien qui lui
est accordé dans le cadre du Programme d'aide au développement de
l'industrie de l'édition. BQ remercie également le Conseil des Arts du
Canada et la Société de développement des entreprises culturelles du
Québec (SODEC).

BIBLIOTHÈQUE QUÉBÉCOISE bénéficie du Programme de crédit d'impôt
pour l'édition de livres du Gouvernement du Québec, géré par la SODEC.

Conception graphique: Gianni Caccia
Typographie et montage: Dürer *et al.* (MONTRÉAL)

Catalogage avant publication de la Bibliothèque nationale du Canada
Barcelo, François, 1941-
Je vous ai vue, Marie
Éd. originale: Montréal: Libre expression, [1990?].

ISBN 2-89406-235-4

I. Titre.

PS8553.A761J4 2003   C843'.54   C2003-941750-6
PS9553.A761J4 2003

Dépôt légal: 1ᵉʳ trimestre 2004
Bibliothèque nationale du Québec
© François Barcelo, 1990
© Bibliothèque québécoise, 2004, pour la présente édition

IMPRIMÉ AU CANADA EN FÉVRIER 2004

AGARIC MEUNIER en laissa échapper sa pipe, pour la première fois depuis vingt ans (depuis juin 1970, donc, pour ceux qui tiennent à tout savoir). Aussitôt, il jeta un coup d'œil autour de lui pour voir si quelqu'un l'avait vu ou, mieux encore, avait vu ce qu'il croyait avoir vu.

Mais il était bel et bien seul dans le petit parc Notre-Dame-des-Roses, et personne ne le vit se lever pour aller ramasser sa pipe après qu'elle eut roulé dans le gravier.

La présence solitaire d'Agaric Meunier en ce lieu et à cette heure n'avait rien d'étonnant. Rares avaient été les jours, depuis vingt ans, où il n'avait pas fumé, entre seize et dix-huit heures, une pipe bourrée de tabac bon marché — souvent éteinte et aussi souvent rallumée — sur le banc de fonte placé juste derrière la statue de Notre-Dame des Roses, dans le parc et le village du même nom. Et, en ces vingt années — plus de sept mille jours —, il n'était pas arrivé dix fois que quelqu'un (presque toujours un touriste armé d'un appareil photo) soit venu le rejoindre.

On peut se demander si la statue de Notre-Dame des Roses aurait bougé — si on est prêt à admettre qu'elle bougea vraiment — sans la présence d'Agaric Meunier. Le phénomène n'aurait, en tout cas, eu aucun témoin, ce qui serait revenu au même que s'il ne s'était pas produit.

Le vieillard se rassit après avoir repris sa pipe, en essuya le tuyau sur sa chemise et, pendant plus d'une heure, continua à regarder en direction de la statue de la Vierge à travers ses lunettes épaisses.

À dix-huit heures, il regarda sa montre, se leva et se mit à marcher à petits pas dans le sentier de gravier qui l'amena devant le presbytère. Avant d'en tourner le coin, il s'arrêta (ce qu'il ne faisait jamais), se retourna et examina encore la statue de Notre-Dame des Roses.

Haussa-t-il les épaules ? Peut-être. Si oui, son haussement d'épaules n'exprimait aucunement l'indifférence à laquelle on associe généralement ce mouvement plus ou moins volontaire du corps.

Car c'est à ce moment-là que lui revint à la mémoire le souvenir de Marie-Marthe.

Elle était jeune, alors. Pas nécessairement très jeune. Peut-être même pas jeune du tout. C'était, en tout cas, dans la chambre de Marie-Marthe, où il allait la retrouver tous les jours. La chambre était bleue en ce temps-là, ce qui n'aidait pas Agaric Meunier à situer l'image dans le temps, car il n'avait jamais fait très attention aux choses, et à plus forte raison à leurs couleurs. Cela se passait au moment précis où Marie-Marthe se déshabillait, en lui tournant le dos. Juste avant de faire volte-face, elle croisait les bras sur sa poitrine comme pour essayer de cacher ses seins mais sans les dissimuler vraiment.

Un long moment, Agaric Meunier demeura immobile près du presbytère, tant le souvenir de son désir l'empêchait de regarder où il marchait. L'instant d'après, il cligna des yeux avec tristesse. Et l'image de Marie-Marthe tournée vers lui, toujours bien plus belle qu'elle n'avait jamais eu besoin de l'être, fit place à celle encore plus floue de la statue de Notre-Dame des Roses, dont la main droite s'ouvrait en direction du fleuve comme si elle venait d'y lancer une poignée de fleurs tandis que la gauche demeurait refermée sur le reste du bouquet qu'elle serrait contre sa poitrine.

La statue ne bougeait plus, si elle avait vraiment bougé. Rassuré, Agaric Meunier repartit à tout petits pas tranquilles.

* * *

Pendant cinq jours, il ne vit rien d'anormal. Et il était sur le point de se persuader que ses yeux ou son imagination lui avaient joué un tour lorsque le phénomène se reproduisit — de nouveau vers dix-sept heures.

Cette fois encore, sa pipe allait lui tomber de la bouche, mais il parvint à la retenir, du bout des dents. La vision avait été brève. À peine le temps d'un clignement d'yeux. Cela suffit néanmoins pour le rendre quasiment sûr de son fait : il avait vu quelque chose, et il était certain que cela n'avait rien à voir avec le souvenir de Marie-Marthe. Ce n'étaient pas les mêmes formes, ni les mêmes mouvements, ni la même vitesse. Ce qu'il avait vu, ce jour-là comme six jours plus tôt, avait été furtif, pressé, comme si la personne — était-ce vraiment la Sainte Vierge ? — qui avait fait ce geste avait voulu qu'il la voie mais pas assez longtemps pour qu'il en soit tout à fait sûr.

Il dormit très mal, la nuit suivante. Non pas que la vision furtive qu'il avait été le seul à avoir l'ait excité outre mesure. Mais les questions se bousculaient dans son esprit. Fallait-il en parler à quelqu'un ? Si oui, à qui ? Le croirait-on ? Si on ne le croyait pas, est-ce qu'on voudrait l'enfermer, le faire examiner par des médecins pour les fous ou même le faire frapper d'interdiction comme cela était arrivé à la femme de Jos Lamy lorsqu'elle était devenue muette ou avait décidé de ne plus parler ?

Quand il se leva enfin après cette nuit tourmentée, Agaric Meunier avait pris une résolution : il ne dirait rien tant qu'il n'y aurait pas au moins un autre témoin du phénomène.

Le trouver ne serait pas chose facile.

Il était la seule personne de Notre-Dame-des-Roses à s'asseoir régulièrement sur le banc de fonte peint en blanc — celui du centre, qui faisait face au fleuve — dans le petit parc séparant l'église du presbytère. Il avait beau passer en revue toutes les personnes qu'il connaissait, il n'en voyait aucune susceptible d'accepter de venir avec lui toutes les fins d'après-midi observer la statue de Notre-Dame des Roses.

Un autre client de l'hôtel ? Ils n'étaient que trois pensionnaires, installés en permanence à l'hôtel Médaille de bronze en échange de la quasi-totalité du montant de leurs chèques de pension de vieillesse et de supplément de revenu garanti.

À part lui, il y avait monsieur Gauthier — on ne l'appelait jamais par son prénom parce qu'on ne le connaissait pas et qu'il ne souhaitait pas se faire appeler par son prénom, sinon il aurait fait en sorte qu'on le connaisse. C'était un petit homme renfrogné qui ne mangeait jamais sans lire un journal, un magazine ou un livre, comme pour s'assurer que personne ne viendrait le déranger à table.

Quant à Jos Lamy, il avait une vue encore plus mauvaise que celle d'Agaric Meunier, qu'il appelait une fois sur deux, à tout hasard, «monsieur Gauthier» lorsqu'il l'apercevait dans le hall de l'hôtel ou dans la salle à manger. De toute façon, Jos Lamy ne sortait jamais, ses jambes refusant apparemment de le porter plus loin que de sa chambre, la seule du rez-de-chaussée, à la salle à manger.

Plusieurs dames du village avaient certainement du temps libre. Mais l'heure choisie — entre seize et dix-huit heures, la statue ayant bougé la première fois vers dix-sept heures et quinze et la seconde à seize heures cinquante exactement puisque Agaric Meunier avait eu cette fois-là la présence d'esprit de regarder sa montre — était justement celle de la préparation des repas. Il imaginait aisément ces dames repoussant sa demande de l'accompagner au parc. À moins que — perspective inquiétante — l'une d'elles ne prenne cela pour une invitation à des fréquentations assidues dont il n'avait nulle envie.

Quant aux autres habitants de Notre-Dame-des-Roses — curé, maire, mécanicien, quincaillier ou aubergiste —, il était évident qu'ils étaient beaucoup trop occupés. D'autant plus que rien ne garantissait que le phénomène se reproduirait nécessairement tous les six jours ou à la même heure.

À quinze heures cinquante-cinq, sans avoir trouvé personne à qui demander de l'accompagner, Agaric Meunier se dirigeait vers le parc lorsqu'il aperçut Floralie Lahaise. Il la vit de loin, assise sur le pas de la porte du Dépanneur Claudette, dont sa mère était la propriétaire, à regarder passer les rares voitures. Elle était d'autant plus facile à reconnaître, même de loin et malgré une mauvaise vue, qu'elle avait partagé sa chevelure en trois couleurs : la partie gauche était mauve, la centrale noire et la droite blonde.

Agaric Meunier avait prêté l'oreille aux ragots que lui rapportait Irène Landreville, la femme du propriétaire de l'hôtel Médaille de bronze. Floralie Lahaise était une fugueuse, que l'on soupçonnait de s'être fait avorter en ville un an plus tôt. Sa mère ne la reprenait chez elle que parce qu'elle ne pouvait pas faire autrement puisque c'était sa fille, même si elle ne voulait ni travailler ni aller à l'école.

Par contre, Floralie Lahaise était la plus jolie fille de Notre-Dame-des-Roses. Et elle le serait probablement demeurée même si la concurrence, inexistante, avait été vive. Elle avait des seins menus bien serrés dans un chemisier de deux tailles plus petit que celle qui leur aurait convenu. Des fesses rondes moulées par un jean d'enfant. Un visage très mignon, aux lèvres peintes d'un rouge vif, avec des joues souvent barbouillées par l'habitude de s'essuyer les lèvres sur sa manche. Même sa coiffure tricolore ne réussissait pas à la rendre repoussante, parce qu'elle ignorait qu'une vraie coiffure punk est censée être franchement affreuse aux yeux des braves gens bourrés de préjugés au sujet de l'allure que doit avoir une coiffure. Elle avait vu celle-là — avec des couleurs un peu différentes — dans le magazine *Québec en têtes*, et elle l'avait reproduite elle-même, dans la salle de bains de sa mère qui, en la voyant enfin sortir, avait déclaré une fois de plus que sa fille la ferait mourir. Floralie Lahaise avait cru que sa mère faisait allusion au désordre de la salle de bains, mais c'était bel et bien sa coiffure qui, pour une femme qui ne quittait jamais Notre-Dame-des-Roses ni n'ouvrait jamais *Québec en têtes*, avait de quoi surprendre.

Donc, Floralie Lahaise était tout à fait agréable à regarder, à condition qu'on ne se soucie pas de critères précis. Si Agaric Meunier s'en était douté, il aurait hésité à l'approcher. Mais il avait toujours cru que les jeunes filles désirables portaient une robe ou une jupe, se fardaient peut-être d'un soupçon de rouge pourvu que ça ne se voie pas trop et avaient des cheveux de n'importe quelle couleur, à condition qu'il n'y en ait qu'une — celle que la nature leur avait donnée. Si on lui avait demandé son avis sur Floralie Lahaise, il l'aurait probablement qualifiée de garçon manqué. C'est dire à quel point il connaissait mal les filles qui étaient nées six décennies après lui.

«Au moins, à son âge, c'est obligé qu'elle ait de bons yeux», se dit-il en s'approchant.

— Bonjour, ma fille, fit-il cordialement en s'arrêtant devant elle.

Elle fit comme s'il n'avait pas été là, sans même se donner la peine de lever les yeux pour le regarder.

— Aurais-tu envie de gagner un petit peu d'argent?

— Pas avec un vieux cochon comme vous.

La réplique avait été instantanée. Même si Agaric Meunier n'en saisissait pas l'à-propos, il vit dans cette repartie rapide un signe de vivacité d'esprit qui lui semblait une qualité précieuse chez quiconque doit observer une statue potentiellement miraculeuse.

— Y a rien de pas correct à faire, bredouilla-t-il.

— C'est quoi, d'abord?

Il se tut quelques instants, en tirant fortement sur sa pipe comme pour en attiser le feu même si elle n'était pas encore allumée. C'était son moyen préféré de se donner le temps de réfléchir.

— Écoute, je vas tous les jours au parc Notre-Dame-des-Roses. Et il faudrait que j'aie quelqu'un avec moi parce que j'ai peur de ce qui pourrait m'arriver.

— Comme quoi?

Agaric Meunier continua de mentir, sans se presser parce qu'il n'en avait pas l'habitude et parce qu'il avait tout son temps.

— C'est parce que je suis pris du cœur. Je pourrais avoir une crise cardiaque.

— Qu'est-ce que vous voulez que je fasse quand ça va arriver?

— Tu aurais juste à aller chercher de l'aide au presbytère, à côté.

— C'est tout?

— C'est tout.

— J'aurai pas à vous toucher?

— Non.

— Puis vous me toucherez pas non plus?

Il comprenait mal ce que ces histoires d'attouchements venaient faire là-dedans. Mais il répondit «non plus» parce que cela lui semblait être la seule réponse convenable.

— Combien ça paye?

— Deux dollars.

— Deux piastres de l'heure? C'est même pas le salaire minimum.

Agaric Meunier grimaça. Il venait d'envisager de la payer deux dollars en tout pour les deux heures. Et voilà qu'elle refusait deux dollars pour une heure.

— Cinq dollars pour deux heures, de quatre à six, proposa-t-il en se promettant de mettre fin à l'expérience rapidement si la statue tardait à se manifester et immédiatement après qu'elle l'aura fait si elle le faisait.

— Six, c'est correct.

Agaric Meunier grimaça encore. Il hésita, mais elle décida pour lui.

— Quand est-ce qu'on commence ? Tout de suite ?

— Tout de suite ? hésita-t-il encore.

Elle prit cela pour un acquiescement, se leva et partit en marchant d'un pas qui, comparé à celui du vieillard, ressemblait à la foulée de Ben Johnson après une double ration de stéroïdes.

Lorsque Agaric Meunier arriva enfin au parc, il trouva Floralie Lahaise déjà assise à une extrémité de son banc préféré, derrière la statue de la Vierge.

Il prit place à l'autre bout du banc. La jeune fille lui tendit la main sans le regarder. Il prit son portefeuille, en tira trois billets de deux dollars qu'il lui mit dans la main et qu'elle fourra aussitôt dans l'avant de son pantalon.

Il alluma enfin sa pipe.

De la musique venait de quelque part. Le curé écoutait-il la radio ou la télévision ? Non, cela semblait plutôt venir de l'église. Quelqu'un jouait de l'orgue, peut-être ? Il se leva, marcha jusqu'à l'église. La porte était fermée. Il colla l'oreille contre la porte. Pas un son. Il revint s'asseoir à côté de Floralie Lahaise. La musique venait de la statue — il en était sûr, maintenant.

— C'est la statue? demanda-t-il à sa jeune compagne en lui donnant un léger coup de coude.

Celle-ci retira de ses oreilles les écouteurs de son baladeur.

— Quoi? cria-t-elle aussi fort que si elle avait encore eu de la musique plein les oreilles.

— La musique, ça vient de la statue? cria Agaric Meunier comme s'il s'adressait à une sourde parce que, pour parler si fort, il fallait sûrement que la petite soit dure d'oreille.

Floralie Lahaise éclata d'un grand rire d'enfant. Puis elle coiffa Agaric Meunier de son casque d'écoute. Le vieillard entendit en même temps cent tremblements de terre et mille explosions nucléaires. Il repoussa les écouteurs en grognant, tandis que Floralie Lahaise se remettait à rire de plus belle.

* * *

De temps à autre, Agaric Meunier jetait un coup d'œil du côté de Floralie Lahaise, histoire de s'assurer qu'elle regardait dans la bonne direction.

— Regarde la statue, lui dit-il deux fois.

— Pourquoi faire?

— Parce qu'elle fait des affaires des fois, répondit-il évasivement chaque fois.

— Quoi?

— Des affaires qui se font pas.

La jeune fille répondit à ses regards en coin par des regards en coin.

* * *

La deuxième heure de ce premier jour passé à deux sur le banc de fonte allait s'achever sans incident. Agaric Meunier somnolait, convaincu que quelqu'un veillait sur lui parce qu'il avait oublié que Floralie Lahaise n'était pas là pour le surveiller. Elle semblait totalement concentrée sur sa musique et enchantée de gagner six dollars à s'asseoir à côté d'un vieux qui ne la touchait même pas.

Tout à coup, elle éclata de rire, d'un rire clair, fort et franc qui tira Agaric Meunier de sa somnolence et lui fit resserrer les dents sur sa pipe éteinte. Un instant, il crut qu'il avait dû y avoir quelque chose d'amusant dans les écouteurs de la jeune fille. Mais celle-ci levait la main en direction de la statue.

— Vous l'avez vue? demanda-t-elle.

— Quoi?

— La statue. Elle a bougé.

— Tu es sûre?

— Oui.

— Qu'est-ce qu'elle a fait?

— Elle a montré son cul.

Agaric Meunier poussa un grand soupir. Enfin, quelqu'un corroborait l'essentiel de ses dires bien qu'il n'en ait jamais glissé mot à personne: la statue avait vraiment bougé. Qu'il ne l'ait pas vue lui-même cette fois ne changeait rien à l'affaire. Il n'avait pas non plus, l'autre jour, vu le cul de la Sainte Vierge, mais ç'avait été presque ça.

— C'est qui? demanda Floralie Lahaise.

— Qui, qui?

— La femme sur la statue?

Agaric Meunier la regarda, stupéfait. Était-il possible que quelqu'un ignore que la statue de Notre-Dame des

Roses représentait Notre-Dame des Roses? Oui, cela était tout à fait possible, conclut-il après avoir bien observé la jeune fille.

— C'est la Sainte Vierge, dit-il.

— Ah?

Elle semblait mal comprendre de qui il s'agissait. Agaric Meunier s'apprêtait à lui expliquer que c'était la mère du petit Jésus, mais elle ne lui laissa pas le temps d'ouvrir la bouche.

— En tout cas, dit-elle, je payerais cher pour avoir un cul pareil. Tiens, il est six heures.

Elle se leva et allait s'éloigner. Agaric Meunier la retint par le bras.

— Ce sera plus nécessaire de venir me surveiller.

— Vous allez plus me payer?

— Ce sera plus nécessaire, répéta-t-il.

— Vous êtes rien qu'un maudit vieux cochon.

Agaric Meunier ouvrit la bouche, voulut lui expliquer que six dollars par jour, c'était beaucoup d'argent et que, même si elle n'avait rien vu ce jour-là, il aurait été forcé de lui donner son congé bientôt, de toute façon...

Mais elle était déjà repartie. Agaric Meunier remarqua pour la première fois le postérieur de la jeune fille et constata que ce n'était plus celui d'une fillette.

«Puis elle dit que celui de la Sainte Vierge est encore mieux? Va falloir que je fasse plus attention la prochaine fois», se promit-il.

*   *   *

Ce soir-là, à table, Agaric Meunier fut tenté de parler à Jos Lamy de la statue de la Vierge qui bougeait, sans donner de détails sur la nature de ce mouvement. Mentionner que la statue bougeait suffirait sans doute à lui attirer des moqueries. Mais Jos Lamy se lança dans de longues et laborieuses considérations sur la possibilité d'un échange de joueurs entre les Canadiens de Montréal et les Jets de Winnipeg. Cela donna envie à Agaric Meunier de monter se coucher plus tôt que d'ordinaire.

Son dernier rêve fut cette nuit-là d'une innocence exemplaire. Il était assis dans un train de passagers. Il était le seul passager de son wagon — pour la simple raison qu'il n'y avait qu'un siège. Autour de lui, s'étendaient des paysages ressemblant à ceux qu'il avait vus par la fenêtre lorsqu'il travaillait comme serre-freins dans les chemins de fer : il y avait des arbres touffus et un ruisseau qui serpentait là où normalement aurait dû se trouver l'allée. Et lorsqu'il se penchait vers le centre pour regarder dans les autres wagons, il apercevait un chevreuil ou un orignal, ou encore un castor. Par contre, s'il regardait par la fenêtre, ce qu'il voyait défiler, c'étaient les visages de milliers d'hommes et de femmes à l'allure blasée comme celle des passagers des trains d'autrefois.

À son réveil, il se rappela ce rêve et fut soulagé de n'y voir aucun rapport avec la statue de Notre-Dame des Roses. Mais un peu plus tard, en y repensant bien, il fut moins convaincu qu'il n'y en avait aucun.

NOTRE-DAME DES ROSES avait été, en dépit du sourire inaltérable que dessinaient les lèvres béates de sa statue, au cœur de la plus grave querelle, sinon la seule, qu'ait connue le village depuis sa fondation.

Il est vrai que les héros — réels ou fictifs — de la religion ont souvent pour effet de soulever les passions les moins sacrées, soit que leurs partisans veuillent les imposer aux autres, soit qu'ils tiennent au contraire à s'en approprier l'exclusivité. Mais il faut reconnaître que la querelle suscitée par Notre-Dame des Roses était une des plus futiles de toutes celles inspirées par tous les saints du paradis.

Le village qui porte maintenant son nom s'était appelé pendant deux siècles Port-aux-Galets, ce dont tout le monde avait été parfaitement satisfait, jusqu'au jour où le maire Rosaire Desrosiers, prétextant qu'il n'y avait plus de port (le quai avait été emporté par une tempête et n'avait jamais été reconstruit) et qu'on éloignait les touristes en proclamant à l'entrée du village qu'il n'y avait là qu'une vilaine plage de galets, proposa de le rebaptiser Notre-Dame-des-Rosiers. La paroisse ne se nommait-elle pas déjà Notre-Dame-de-Port-aux-Galets ?

Et la famille Desrosiers n'était-elle pas la plus nombreuse et la plus influente du village?

Le curé de l'époque, libéral convaincu malgré l'apogée de l'Union nationale, s'était opposé à ce changement de nom. Il y voyait un mariage de mauvais goût entre la politique et la religion. Il alla jusqu'à déclarer en chaire que Notre-Dame-des-Rosiers était la plus païenne des appellations puisque, sous le couvert de la religion, elle servait les intérêts du pouvoir politique et financier.

L'évêque de Rimouski fut appelé à trancher le litige. Monseigneur Asselin se disait ami personnel de Maurice Duplessis (ce qui était une grossière illusion de sa part, puisque le Premier ministre, grand amateur de calembours, ne se gênait pas pour l'appeler, derrière son dos, «monseigneur Asselautre», un de ses députés d'arrière-banc portant le même patronyme). L'évêque fut tenté de dire au curé Lapointe de se mêler de ses affaires. Mais il accepta avec empressement un compromis proposé par le député unioniste du comté, cousin germain de Rosaire Desrosiers.

C'est ainsi que le village devint Notre-Dame-des-Roses.

Rosaire Desrosiers fit planter des rosiers dans le petit parc sis entre l'église et le presbytère et qui appartenait à la ville, à la suite d'une série de mésaventures cadastrales qu'il serait trop long de raconter ici. Mais personne ne vit dans ces rosiers autre chose que des roses.

C'est alors qu'il eut l'idée de faire ériger une statue à Notre-Dame des Roses, sur un socle portant l'inscription: «Aux paroissiens de Notre-Dame-des-Roses, avec les hommages de Rosaire Desrosiers».

La chose déplut au curé, mais pour lui forcer la main le maire fit don du petit parc à la fabrique de la paroisse. Le curé accepta, en se promettant de faire enlever l'inscription dans les plus brefs délais. Il mourut toutefois d'une indigestion aiguë, dans la nuit suivant le banquet d'inauguration de la statue.

Rosaire Desrosiers ne lui survécut que deux semaines. Un soir qu'il était descendu de voiture pour ouvrir la porte du garage sis sous son grand bungalow tout neuf avec vue sur le fleuve, son fils de quinze ans, prénommé Rosaire comme lui, toucha par mégarde au levier de vitesse de la Cadillac paternelle, qui écrasa à moitié ledit paternel contre la porte entrouverte avant de le réduire en bouillie au fond du garage une fois que la porte eut été relevée par le mécanisme de sécurité censé prévenir de tels accidents. Cela mit fin à la dynastie des Desrosiers à la mairie de Notre-Dame-des-Roses. Son successeur fut un courtier d'assurances originaire de Québec, qui veille encore sur le budget de la municipalité sans se préoccuper de politique et dont on n'entendra plus jamais parler dans ce récit.

La statue resta donc sur son socle, avec son inscription. Et tout le monde, au village, savait que le Rosaire Desrosiers qui y était mentionné était le père de l'autre, devenu entrepreneur en plomberie et politicien de coulisse. Les gens qui soupçonnaient ce fils d'avoir fait exprès de tuer son père ajoutaient systématiquement: «... mais faut le comprendre».

À part Agaric Meunier, personne ne faisait plus attention à la statue de Notre-Dame des Roses. Pourtant, elle occupait le plus beau point de vue du village. En face d'elle coulait le fleuve, plus semblable à l'océan qu'à un cours d'eau, l'autre rive n'étant visible que par temps clair et par de bons yeux. À gauche se dressait la petite église de pierre, fort coquette avec son toit de tôle peinte en rouge ; elle avait de justesse résisté au rêve du curé Lapointe qui songeait à l'agrandir, et avait fini par devenir trop vaste pour le peu de fidèles qu'elle accueillait à la messe dominicale. À droite, il y avait le presbytère, bâtiment de briques sans caractère, presque aussi grand que l'église, le curé Lapointe l'ayant fait construire en songeant aux proportions de l'église qu'il avait souhaité lui assortir.

Plus près de la statue, il y avait trois bancs, qui formaient un C sur trois côtés, seul le côté du fleuve restant ouvert.

L'arrière du parc (si on admet qu'il faisait face au fleuve, ce qui semble logique puisque c'est vers celui-ci que la statue de Notre-Dame des Roses était tournée) donnait sur la route 132, fréquentée uniquement par les gens des environs depuis qu'on avait construit l'autoroute à deux kilomètres au sud. Cette route était généralement tranquille et sans danger — sauf le dimanche matin entre deux et quatre heures lorsque le bar de l'hôtel Médaille de bronze se vidait de ses buveurs du samedi soir.

*   *   *

Agaric Meunier ne se préoccupait plus de la statue de la Vierge au moment où il alla reprendre sa place habituelle, le samedi à seize heures. Il l'avait vue bouger, la petite Lahaise l'avait vue bouger elle aussi ; le cas était réglé. Et il avait décidé, en déjeunant, de n'en parler à personne et de recommander à la petite de faire de même s'il avait l'occasion de la revoir et si elle n'était plus fâchée contre lui. Mais aussitôt qu'il tourna le coin du presbytère, il fut étonné de voir des gens occuper son banc préféré.

En s'approchant, il reconnut aisément Floralie Lahaise à sa chevelure tricolore. Mais elle avait maintenant l'air tout à fait sage comparé à la fille et aux deux garçons assis à ses côtés.

Le premier des garçons avait une chevelure en forme de disque dressée droit sur sa tête. Cette coiffure aurait ressemblé à celle des Iroquois qu'Agaric Meunier avait vus dans son livre d'histoire du Canada soixante-dix ans plus tôt si elle n'avait pas été d'un vert fluorescent visible à deux kilomètres même par une nuit sans lune, si elle n'avait pas été parallèle aux épaules qu'elle surmontait et si les extrémités des cheveux n'avaient pas été réunis en dents de scie, ce qui l'apparentait plus à un disque de scie mécanique qu'au dernier enregistrement sur vinyle de Mitsou ou de Charles Dutoit.

L'autre garçon avait le crâne rasé et orné de tatouages noirs et rouges représentant une énorme cicatrice garnie de points de suture, qui zigzaguait du front jusqu'à la nuque. Il portait une boucle d'oreille. En s'approchant, Agaric Meunier crut y reconnaître la forme d'un squelette miniature. Se pouvait-il qu'il existe de si petits squelettes? «Ça doit être un squelette d'animal», conclut-il sans songer qu'il pouvait se fabriquer en plastique des squelettes de toutes les grosseurs.

La fille, elle (il fallut plusieurs minutes avant qu'Agaric Meunier se rende compte que ce n'était pas un autre garçon), avait une coiffure à peu près normale — brune et blonde, quoique aussi ébouriffée que si elle avait été branchée sur un fil électrique à haute tension. C'était son vêtement qui la distinguait de ses compagnons. Elle ne portait que deux étroites bandes horizontales de tissu jaune à rayures vertes. La première se trouvait à la hauteur des seins — qu'elle avait si plats qu'il était pratiquement impossible de voir qu'ils n'étaient pas convenablement couverts. La seconde ne parvenait pas à cacher ses fesses, pourtant guère plus volumineuses que sa poitrine.

Agaric Meunier, voyant son banc occupé par cette foule inhabituelle, se résigna à s'asseoir à droite de la statue de Notre-Dame des Roses.

Floralie Lahaise ne fit mine de l'apercevoir qu'une fois qu'il eut bourré et allumé sa pipe.

— On peut vous faire un prix, cria-t-elle pour dominer le volume sonore de son casque d'écoute.

Agaric Meunier hocha la tête en souriant et se demanda ce qu'elle voulait dire par là. Il lui fallut trois bonnes minutes de réflexion pour comprendre que Floralie Lahaise ne semblait pas avoir compris qu'il l'avait congédiée. Elle comptait même réclamer un paiement pour toute sa bande. Cela risquait de lui coûter cher — quatre fois six dollars par jour! Il réfléchit encore un bon moment à la recherche d'un moyen facile de se tirer de ce mauvais pas.

Ne trouvant rien, il se leva en soupirant et s'approcha des quatre jeunes gens. Floralie Lahaise et l'autre fille, avec une politesse exemplaire, baissèrent le volume de leurs baladeurs. Mais les garçons ne bronchèrent pas. Ainsi, Agaric Meunier continua d'entendre la musique qui s'échappait des jeunes gens même s'il ne savait pas par quel orifice de leur corps elle parvenait. «Ça doit être par les narines», supposa-t-il.

Il parla alors de sa voix la plus forte:

— Écoute, ma fille, je pensais que je t'avais dit que c'est plus nécessaire de venir.

— Oui? hurla presque Floralie Lahaise parce qu'il fallait nécessairement que le vieux soit sourd comme un pot pour parler aussi fort à quelqu'un qui n'écoute pas un baladeur.

— Je suis pas pris du cœur. J'ai même un cœur que des jeunes seraient contents d'avoir, parce que j'ai jamais rien fumé d'autre que la pipe. Quand je t'ai demandé de venir avec moi, c'était pas pour mon cœur, c'était parce que je voulais savoir si quelqu'un d'autre que moi voyait ce que je pensais que je voyais.

— Le cul de la Sainte Vierge?

— Si tu veux, admit-il un peu gêné parce que lui n'aurait jamais dit ça comme ça, d'autant plus qu'il n'avait pas tout à fait vu ça comme ça.

Il y eut un long moment de silence. Floralie Lahaise battit des cils, attendant la suite.

— Écoute, maintenant que je sais que je suis pas tout seul à la voir, j'ai pas les moyens, tu comprends? Surtout si vous êtes quatre.

— Correct, d'abord, s'écria Floralie Lahaise avec une bonne humeur qui soulagea Agaric Meunier. Mais ça vous fait rien si on reste ici pareil, gratis?

— C'est correct. C'est pas à moi, le parc. Y a juste que...

Il fit un lent mouvement de la tête, balayant du regard le banc sur lequel le quatuor avait pris place.

— Ah, c'est votre banc? fit la fille aux bandes de tissu.

— C'est pas à moi pour vrai, mais c'est là que je m'assis depuis vingt ans, je pense.

— On va se tasser, d'abord. Tassez-vous, les gars, pour lui faire de la place, cria Floralie Lahaise encore plus fort, comme si les oreilles de ses camarades avaient été bouchées par du béton armé.

Les garçons l'entendirent à peine et se poussèrent vers un bout du banc, les filles vers l'autre. Agaric Meunier fut bien forcé de s'asseoir au milieu.

— Ça arrive tous les jours? demanda la fille sans fesses en lui mettant son bras autour de l'épaule.

Un peu gêné mais aussi quelque peu excité par cette familiarité, maintenant que la voix lui avait révélé qu'il s'agissait d'une fille, Agaric Meunier secoua la tête.

— Non, pas tous les jours.

— Combien souvent, d'abord?

— Je sais pas. Je l'ai vue juste deux fois.

— Moi une, ajouta Floralie Lahaise.

— Pensez-vous que ça peut arriver le samedi?

— Pourquoi pas? Sinon, je serais pas venu, dit Agaric Meunier avant de songer qu'il serait venu quand même fumer sa pipe en regardant le fleuve.

Sans-seins sourit, ravie de cette démonstration de la sagesse proverbiale des vieux.

— J'ai faim, ajouta-t-elle comme si ç'avait été la suite normale de la conversation.

— Les gars, vous devriez aller chercher quelque chose au dépanneur, dit Floralie Lahaise.

Les gars n'entendaient rien.

— Les gars, allez au dépanneur, hurla-t-elle. On a faim!

— As-tu de l'argent? demanda l'Iroquois perpendiculaire.

— J'ai deux piastres. Mais t'as juste à dire à ma mère que tu me connais, elle va te faire ça au prix du gros. Prends des chips puis un gros Pepsi.

— Je la connais pas, ta mère.

— Moi, je la connais, dit Sans-seins-ni-fesses. Je vas y aller avec vous autres.

Les garçons ajustèrent leurs casques d'écoute, se levèrent et se dirigèrent vers la route, suivis de la fille qui marchait à tout petits pas rapides, sur ses jambes entravées par la bande de tissu qui commençait à glisser peu décemment vers ses genoux comme chaque fois qu'elle se mettait en mouvement.

— Je gage, dit Floralie Lahaise, que la maudite vache va en profiter pour se montrer le derrière pendant qu'ils sont partis.

Il fallut un long moment à Agaric Meunier, occupé à regarder les jeunes gens s'éloigner, pour comprendre que la « maudite vache » était la Sainte Vierge. Il se tournait vers Floralie Lahaise pour protester, lorsque celle-ci s'écria :

— L'avez-vous vue ? Elle l'a refait.

— La maudite vache, faut pas dire ça...

— Puisque je vous dis que je l'ai vue. Vous me direz pas qu'elle a pas fait exprès pendant que les autres étaient pas là ?

— Ça, je sais pas, dit Agaric Meunier qui n'avait rien vu.

*   *   *

Lorsque les autres revinrent, avec un grand sac de croustilles au vinaigre et une grande bouteille de soda mousse, Floralie Lahaise leur raconta ce qu'ils avaient manqué.

— Tu es sûre ? dit l'Iroquois-en-dents-de-scie. L'enfant de chienne... elle aurait pu nous attendre.

— L'enfant de chienne, faut pas dire ça de la Sainte Vierge, protesta Floralie Lahaise en faisant un geste de la tête pour montrer que ça pouvait offusquer le vieux.

— Ça arrive-tu des fois qu'elle se montre deux fois la même fois? demanda Minisquelette.

— Je sais pas, répondit Agaric Meunier. Elle l'a jamais fait, mais ça pourrait arriver.

Les garçons et la fille reprirent place sur le banc. Ils tendirent le sac de croustilles à Agaric Meunier, qui en croqua quelques-unes.

*   *   *

Le curé Gendron, qui sortait de l'église où il était allé vider le tronc des pauvres (il ne le vidait que tous les trois mois, parce qu'il n'y trouvait jamais plus d'un dollar ou deux), les aperçut et en demeura bouche bée. Le spectacle du vieillard entouré de ces jeunes de toutes les couleurs était saisissant. Mais le curé Gendron était une âme charitable et sa crainte des skinheads (il croyait que cette appellation désignait toute espèce de jeunesse à l'allure bizarre) fit rapidement place à de gentilles réflexions sur le fossé des générations qui se comblait parfois de bien curieuse façon.

Il passa devant eux, leur adressa un sourire bien-veillant.

— On lui dit-tu? murmura Floralie Lahaise.

— Non, non, ordonna Agaric Meunier avec autorité.

— Ouais, c'est mieux comme ça.

Le curé hors de vue, les jeunes insistèrent pour que Floralie Lahaise leur donne une description précise de ce qu'elle avait vu. Elle se plaça près de la statue et mima à plusieurs reprises le geste furtif qu'elle avait surpris, en faisant semblant de relever une longue jupe et en pointant le derrière dans son jean, d'une manière fort coquine.

— Mais les fleurs, qu'est-ce qui arrive aux fleurs? Comment ça se fait qu'elles tombent pas si elle lève sa robe avec ses mains? s'inquiéta Sans-seins-ni-fesses.

— Je sais pas, dit Floralie Lahaise en haussant les épaules. Sont peut-être collées?

— La prochaine fois, proposa Minisquelette, faudrait que quelqu'un reste en avant pour voir ce qui arrive aux tulipes.

— C'est des roses, intervint Agaric Meunier.

— Des roses?

— Les fleurs, c'est des roses. C'est Notre-Dame des Roses.

— Regarde donc ça, comme c'est fin, j'y avais jamais pensé! s'exclama Floralie Lahaise.

FLORALIE LAHAISE rêvait, comme beaucoup de filles de son âge, de devenir actrice — à la télévision s'il n'y avait pas moyen de faire autrement, mais de préférence au cinéma. Malheureusement, comme la plupart des filles de son âge qui rêvent de devenir actrices, elle ne faisait pas grand-chose pour transformer son rêve en réalité.

Il est vrai qu'un an plus tôt elle avait abandonné l'école pour aller vivre à Montréal avec un garçon qui lui avait promis de lui dénicher des rôles dans des messages publicitaires. Mais elle en avait eu assez de vivre avec ce garçon bien avant qu'il ne lui ait trouvé la moindre figuration (ce qui aurait pris des années de toute façon, car il n'avait aucune entrée dans les milieux de la publicité). Le seul rôle qu'elle obtint fut celui de la victime dans un drame policier présenté par une médiocre troupe d'amateurs et qui tint l'affiche d'un restaurant de banlieue pendant deux semaines. Bien qu'elle se soit fait chaque soir assassiner avant même d'avoir prononcé la moindre réplique et qu'elle soit restée face contre terre jusqu'à la fin de chaque représentation, elle fut remarquée par plusieurs spectateurs, presque tous de sexe masculin. Mais son nom ne fut pas une seule fois mentionné dans l'hebdomadaire local, ce qui la vexa au plus haut point.

Il est également vrai qu'après son retour à Notre-Dame-des-Roses elle avait obtenu d'être réintégrée dans l'équipe d'improvisation de la polyvalente Monseigneur-Asselin.

Mais, à part ses matchs hebdomadaires d'impro, elle ne suivait pas le moindre cours d'art dramatique et n'avait fait aucune tentative pour se joindre à une troupe de théâtre amateur sous prétexte que la plus proche était à Rimouski, à près d'une heure d'autobus.

Cela ne l'empêchait pas de croire qu'elle prenait sa carrière au sérieux, puisqu'elle passait une bonne partie de ses après-midi à feuilleter les magazines de mode et de potins « artistiques » qui garnissaient les rayons du Dépanneur Claudette.

Tous les mercredis soir, Raoul Langevin, l'entraîneur de l'équipe d'impro de la polyvalente Monseigneur-Asselin, venait la chercher.

Il était follement amoureux d'elle, même s'il ne l'avait avoué à personne. Presque tous les soirs, avant de s'endormir, il rêvait que sa femme (qu'il adorait pourtant) mourait d'un cancer ou d'un accident de voiture ou encore dans un incendie. Il déclarait alors son amour à Floralie Lahaise, mettait à la porte ses propres enfants, mécontents que leur père désire épouser une fille plus jeune qu'eux, et vivait heureux avec elle jusqu'à la fin de ses jours. Raoul Langevin savait que ce rêve ne faisait de mal à personne et que sa femme ne mourrait pas plus vite parce qu'il rêvait à sa mort sans véritablement la souhaiter. Il se croyait donc parfaitement innocent.

Il n'avait pas, non plus, mauvaise conscience à faire jouer Floralie Lahaise plus souvent qu'à son tour. Sa moyenne de victoires était la plus élevée de l'équipe des Rouges et une des meilleures parmi les six équipes de la ligue.

Une coéquipière, dépitée de ne pas jouer aussi souvent qu'elle l'aurait souhaité, s'était plainte auprès de la direction de l'école que Floralie était la seule non-étudiante à faire partie de la ligue. Raoul Langevin avait fait valoir que ce n'était pas en rejetant des décrocheurs qu'on les encouragerait à reprendre les études. Le directeur de la polyvalente Monseigneur-Asselin fut plus sensible au fait que, sans Floralie Lahaise, son école n'aurait eu aucune chance de remporter la coupe Laferrière Chevrolet, emblème de la supériorité régionale en improvisation et trophée d'autant plus recherché que l'équipe de hockey de l'institution était, cette année-là, encore plus nulle que d'ordinaire.

Floralie Lahaise continua donc à briller, en particulier dans les un-contre-un, où son sens de la repartie et sa facilité à tourner son adversaire en ridicule compensaient amplement sa difficulté à se souvenir du sujet de l'impro et à plus forte raison à le respecter. Mais son physique irrésistible et sa candeur apparemment factice quoique parfaitement authentique lui donnaient la victoire trois fois sur quatre, car trois fois sur quatre l'arbitre en oubliait lui aussi le sujet de l'impro, et dans l'assistance trois garçons sur quatre votaient systématiquement pour elle.

Bien qu'elle ait eu de nombreux soupirants, Floralie Lahaise se croyait vertueuse puisqu'elle les repoussait presque tous, presque tout le temps, ce qui n'était pas dépourvu de logique, la vertu n'étant pas un absolu comme la virginité. Elle avait un faible pour les punks, parce qu'il n'y en avait aucun à Notre-Dame-des-Roses et guère plus à Rimouski. Et elle était convaincue que ses amis au squelette ou à la scie circulaire l'aimaient plus que ses prétendants locaux puisqu'ils faisaient pour la voir le voyage depuis Québec — en auto-stop, ce qui ne leur coûtait rien, mais quiconque a déjà tenté de faire du stop avec un disque vert ou une cicatrice en trompe-l'œil sur la tête sait que le stop est parfois une plus grande preuve d'amour que l'achat d'un billet d'autobus.

En quittant le parc Notre-Dame-des-Roses, Floralie Lahaise et ses amis tuèrent le temps en faisant rebondir des petits galets à la surface des eaux du fleuve. Comme personne n'avait d'argent, ils passèrent ensuite la soirée et la nuit dans la chambre de Floralie, à s'ennuyer jusqu'au moment où celle-ci se souvint que, deux semaines plus tôt, comme ils étaient en route pour le match d'impro, Raoul Langevin était allé aux toilettes dans une station-service et avait laissé son portefeuille sur son siège. Elle avait eu l'occasion de copier le numéro de sa carte d'appel en se disant que cela pouvait lui être utile un jour, et ce le fut enfin ce soir-là car ils en profitèrent pour téléphoner à leurs amis de Québec et de Montréal afin de leur parler de la statue qu'ils avaient tous vue montrer son cul (il est gênant, dans un cas pareil, d'avouer qu'on a raté un miracle à cause d'un sac de croustilles et d'une bouteille de soda mousse).

À son comptoir du rez-de-chaussée, Claudette Lahaise imagina les pires choses, mais sa fille et Sans-fesses couchèrent sur le lit tandis que les garçons dormirent sur le plancher parce qu'ils avaient tous les deux attrapé une maladie qu'ils n'avaient pas encore identifiée, mais qu'ils s'efforçaient tout de même de ne pas transmettre, ce qui est une bien plus grande preuve d'amour que n'importe quel voyage en auto-stop.

Le lendemain, après avoir avalé des petits gâteaux dont la date de péremption était échue et que Claudette Lahaise leur offrit une fois qu'ils eurent annoncé leur intention de rentrer à Québec, les trois amis de Floralie partirent au début de l'après-midi. Ils eurent la chance de tendre le pouce quelques instants avant le départ du curé Gendron pour le supermarché. Le curé de Notre-Dame-des-Roses les reconduisit jusqu'à l'autoroute. C'est ainsi qu'il apprit que la statue de sa sainte patronne montrait son postérieur et que les jeunes gens, tombés presque aussitôt sur un nouveau stop, eurent la chance d'arriver à Québec avant la fermeture de leur clinique de M.S.T. préférée.

Floralie Lahaise eut moins de chance. Sa mère, une fois de plus, lui demanda ce qu'elle comptait faire dans la vie. Elle répondit comme d'habitude qu'elle n'en savait rien, parce que cela faisait moins de drames que de proclamer qu'elle voulait devenir actrice. Et Claudette Lahaise lui rappela encore que si elle n'y prenait garde elle finirait comme elle — à vivre misérablement de ce petit commerce qu'elle lui céderait un jour parce qu'elle serait bien obligée, mais qui en attendant ne suffisait pas à faire vivre deux personnes convenablement.

La jeune fille parut écouter sa mère avec attention. Mais cette attention était feinte, car Floralie Lahaise croyait que la vie était et devait demeurer la plus délicieuse et la plus perpétuelle des improvisations.

* * *

Le lendemain, dimanche, ils étaient une vingtaine à attendre le spectacle dans le parc Notre-Dame-des-Roses. Tous des jeunes, plus ou moins punks. Et comme il n'y avait qu'un angle vraiment convenable pour observer le phénomène que Floralie Lahaise leur avait décrit, ils avaient déplacé sans la moindre gêne les deux autres bancs qu'ils avaient alignés sur le premier.

Il arriva aussi vers quinze heures un jeune reporter de Radio-Canada, accompagné d'un caméraman qui fit de longs panoramiques sur cette foule bigarrée, des gens du village étant venus se joindre aux jeunes dès qu'ils eurent aperçu la voiture de reportage. Floralie Lahaise ne se fit pas prier pour raconter au journaliste ce qu'elle avait vu. Mais Agaric Meunier refusa de lui parler.

— La télévision, ça me dit rien, fit-il en guise d'explication.

— Je vous comprends, admit le reporter, conciliant.

Le caméraman plaça ensuite son appareil sur un trépied, le braqua sur le postérieur de la statue et attendit la suite.

À dix-sept heures, Agaric Meunier se souvint de la conversation de la veille et dit à Floralie Lahaise :

— Peut-être que quelqu'un devrait se placer devant pour voir ce qui arrive aux fleurs ?

La jeune fille haussa les épaules.

— C'est vrai, admit aussitôt Agaric Meunier, que ça change pas grand-chose.

À dix-huit heures, il ne s'était rien passé. Agaric Meunier se dit que, s'il était la Sainte Vierge, lui non plus ne montrerait jamais ses fesses à la télévision. Lorsqu'il se leva pour aller souper, la foule commença à se disperser. Le journaliste de Radio-Canada s'approcha de lui pour tenter encore de l'interviewer, mais «pas pour la télévision» fut la seule déclaration qu'il réussit à lui arracher.

Il eut plus de chance avec Floralie Lahaise, qui avait couru emprunter une jupe de sa mère, et mima avec enthousiasme le geste de la statue.

*   *   *

Le lundi non plus, il ne se passa rien. Agaric Meunier fuma sa pipe sans broncher, à côté de Floralie Lahaise, sous une pluie fine. Le curé Gendron leur prêta le parapluie de sa bonne et resta debout derrière, sous le sien, à observer qu'il ne se passait rien, comme la veille.

Les gens du village, qui avaient pour la plupart autre chose à faire que de se mouiller à ne rien voir, étaient restés chez eux.

À dix-huit heures, les jeunes qui avaient passé la nuit à dormir et à fumer dans le parc firent comprendre à Floralie Lahaise qu'ils lui en voulaient un peu de les avoir dérangés pour rien et qu'ils ne passeraient pas la nuit sous la pluie. Ils rentrèrent aussi chez eux.

Ce jour-là, le *Dix-huit heures pile* de Radio-Canada diffusa le premier reportage sur la statue de Notre-Dame des Roses, enregistré la veille par Martial Bergevin, un jeune journaliste qui tenta de décrire avec un heureux mélange d'humour, de profondeur et de tact le phénomène de la statue qui montrait son postérieur à un vieux retraité et à une jeune décrocheuse. «On peut se demander, disait-il en conclusion, ce que la Sainte Vierge peut bien vouloir nous signifier, si vraiment sa statue expose son postérieur. Peut-être cherche-t-elle à nous dire qu'elle commence à en avoir plein quelque part des gens qui sont prêts à croire à n'importe quel miracle?»

MARTIAL BERGEVIN avait de l'idéal et de l'ambition, comme tout jeune journaliste qui se respecte. N'est-ce pas d'ailleurs le moins qu'on puisse attendre d'un jeune journaliste qui se respecte?

Son idéal: servir la vérité, crûment, méchamment, violemment s'il le fallait, et sans jamais oublier que toute vérité est bonne à dire. Son ambition: devenir célèbre par la même occasion, remplacer tous les Pierre Nadeau et autres vedettes de l'information qu'il jugeait par ailleurs médiocres.

Il était convaincu d'y arriver — et rapidement.

Il avait déjà, grâce à ce qu'il appelait lui-même le «championnat mondial des concours de circonstances», retenu à deux reprises l'attention des médias nationaux.

La première fois, ce fut quelques semaines après s'être cassé une jambe dans un accident de ski, accident qui lui avait valu de perdre son emploi à la station de radio de Saint-Jérôme où il avait fait ses débuts.

Il était retourné à l'hôpital pour se faire enlever son plâtre. Assis dans l'antichambre des urgences, il commençait à se demander quel cruel humoriste avait donné un tel nom à ce temple de la lenteur médicale, lorsqu'un homme avait surgi avec une carabine à répétition et avait mis en joue le personnel et les patients (bien nommés, ceux-là). Il parlait une langue que personne ne comprenait — sauf Martial Bergevin qui avait profité de son chômage forcé pour prendre des cours de polonais étant donné qu'il vivait depuis son accident avec une Polonaise. Solidarité venait de prendre le pouvoir, et il s'était dit qu'il serait bon d'aller interviewer Lech Walesa, d'autant plus que la Polonaise lui promettait de le faire loger gratuitement dans sa famille à Gdansk, tout le temps qu'il voudrait.

Donc, Martial Bergevin put engager la conversation avec le Polonais à la carabine. Son apprentissage de cette langue n'était pas très avancé, mais il la parlait quand même un peu mieux que le forcené ne parlait le français ou l'anglais. Celui-ci se plaignait d'avoir été abandonné par la mère de son enfant — une infirmière de Toronto. Elle avait profité du fait qu'il était venu rendre visite à un cousin à Saint-Jérôme en espérant qu'il lui offre du travail dans son commerce de bois pour déménager avec le bébé et changer d'emploi. Et le Polonais, qui avait dès neuf heures du matin une haleine chargée de genièvre bon marché, brandissait son arme et promettait de tuer les infirmières, qu'il était d'ailleurs incapable de distinguer des femmes médecins, des préposées à l'entretien ménager et même des patientes en chemise d'hôpital, parce que personne ne portait ni coiffe ni uniforme.

Martial Bergevin tenta de lui faire comprendre que son infirmière de Toronto n'avait rien de commun avec les infirmières québécoises de Saint-Jérôme, mais le Polonais ne voulut rien entendre.

Il réussit toutefois à le convaincre de le laisser tenter de prendre contact par téléphone avec son infirmière torontoise. «Je parie, expliqua-t-il dans son polonais primaire, que si on lance un appel sur les ondes, votre femme va l'entendre.»

Le Polonais avait accepté, mais refusé de rendre son arme. Martial Bergevin téléphona d'abord à son ex-station de radio, où il obtint d'être réembauché séance tenante, même si on lui refusait de l'indemniser pour les six dernières semaines. Il demanda s'il était possible de le mettre en ondes à Toronto. Ce ne l'était pas, ou ça prendrait trop de temps. Il décida donc de faire semblant d'être en ondes et remit le combiné au Polonais en l'assurant qu'il passait sur toutes les stations de radio de la Ville reine, et que sa femme serait sûrement à l'écoute.

«Marcia, pleurnicha l'homme en mauvais anglais, Marcia, quitte pas moi. Je touche jamais encore la petite. Pas toi aussi, parole de Polonais.»

Il fit alors un long discours en polonais, avant de se souvenir que sa femme ne parlait pas cette langue.

«Marcia, Marcia, répéta-t-il. Téléphone radio et dis toi reviens.»

À bout de souffle, le Polonais raccrocha et essuya les larmes qui avaient mouillé son arme. Et — ô miracle! — le téléphone sonna quelques instants plus tard. C'était Marcia. Elle était dans la chambre d'un patient au King Edward Hospital, à Toronto. Et ce patient écoutait — coïncidence suprême — la seule station de Toronto qui diffusait en direct les propos du Polonais de Saint-Jérôme parce que l'animateur de l'émission venait de se faire arrêter pour attentat à la pudeur. Marcia promit de lui donner une dernière chance. (Elle espérait, non sans raison, que son Polonais passerait quelques années en prison avant de pouvoir profiter de son offre.)

Le Polonais, pleurant comme un veau qui ne trouve pas sa mère, rendit son arme à Martial Bergevin en lui donnant de nombreuses accolades. Et le journaliste fraîchement sorti du chômage put enfin se faire enlever son plâtre. La télévision trouva original de l'interviewer pendant qu'un médecin entamait le plâtre avec une scie au grincement menaçant. Et Martial Bergevin fut une vedette pendant vingt-quatre heures, pas une de plus.

On garda toutefois de lui, dans les milieux de l'information, un souvenir assez vif pour qu'il soit invité comme reporter radiophonique à Radio-Canada. Bien entendu, Martial Bergevin n'accepta que parce que la Société possédait aussi un réseau de télévision. Mais il n'eut accès à celui-ci qu'après un nouveau concours de circonstances qui finit par le convaincre que le ciel était avec lui.

Pour mieux se préparer à faire de la télévision, il avait loué une caméra vidéo qu'il avait installée dans un coin de son appartement. Et il s'enregistrait lui-même, assis à sa table de cuisine pour lire des bulletins d'information de la veille qu'il récupérait dans les poubelles de la Maison; ou debout dans son salon, improvisant comme s'il était sur la scène d'une catastrophe ou d'un congrès politique. Il se regardait et s'écoutait ensuite, s'efforçant de noter ses défauts et de les corriger.

Un soir qu'il était sagement assis à table, à lire une longue dépêche expliquant que le départ des Russes de l'Afghanistan allait tout changer pour le mieux dans ce pays, une météorite d'une dizaine de kilos était tombée sur le toit de l'immeuble dont il occupait le dernier étage, avait cassé sa table et s'était immobilisée, encore toute fumante, à ses pieds.

Il n'aurait sans doute jamais osé montrer la scène ridicule de l'aspirant lecteur de nouvelles surpris par une météorite qui tombe sous ses yeux et fracasse sa table. Mais des voisins avaient entendu le vacarme, et l'un d'eux avait téléphoné à la police, qui s'était amenée en force, suivie d'une demi-douzaine de reporters spécialisés en chiens écrasés. Martial Bergevin refusa les offres d'achat de son film, qu'il remit gratuitement à ses employeurs, en soulignant que rien ne lui ferait plus plaisir que de travailler à la télévision, mais que rien ne pourrait le convaincre qu'il était d'intérêt public de diffuser de telles images (ce qui n'empêcha pas un de ses patrons qui se croyait sur la liste des prochaines compressions budgétaires d'en envoyer une copie à l'émission américaine *Wacky Home Videos,* qui n'était pas diffusée au Canada, et d'empocher secrètement mille dollars).

Martial Bergevin dut patienter encore plusieurs mois avant de devenir journaliste de la télévision de Radio-Canada six semaines seulement avant les premiers événements de Notre-Dame-des-Roses. Il travaillait pour *Dix-huit heures pile,* où il était chargé des reportages les plus insignifiants, ceux qu'on confie toujours aux débutants pour les encourager à persévérer et à acquérir de l'expérience, même si cela a souvent l'effet contraire sur les plus talentueux d'entre eux.

On lui disait qu'il avait une tête télégénique, même s'il avait l'air un peu trop jeune pour faire sérieux. Mais c'était un défaut qui lui passerait, lui disait-on aussi et se répétait-il. Sa voix était nasillarde, il était le premier à le reconnaître, surtout lorsqu'il essayait de descendre d'une octave pour se vieillir. Même à Radio-Canada, où l'on n'était pas particulièrement empressé de reconnaître les nouveaux talents, on s'accordait à lui prédire un brillant avenir. Un membre de la haute direction avait, juste avant de prendre sa retraite anticipée, consigné dans un rapport que la relève des Simon Durivage et des Madeleine Poulin serait assurée d'ici quatre ou cinq ans, si la Société prenait garde de bien former et de bien traiter ses jeunes talents de l'information, comme Martial Bergevin et Marie-Claire Labelle. Heureusement, Martial Bergevin n'avait jamais vu ce rapport, car remplacer Simon Durivage était bien en deçà de ses ambitions; et être comparé à Marie-Claire Labelle, qui formait avec lui la paire de reporters itinérants de *Dix-huit heures pile*, était la chose qu'il avait le plus en horreur.

C'était par hasard qu'il avait entendu parler, le samedi précédent, de la statue de Notre-Dame des Roses. Il avait rencontré dans une discothèque de Montréal une fille qui avait refusé son offre d'un dernier verre chez lui sous prétexte qu'elle devait se lever de bonne heure pour aller voir une statue qui remuait son cul dans un village appelé Notre-Dame-des-Neiges ou quelque chose du genre, quelque part dans le Bas-du-Fleuve.

Le lendemain, étant donné qu'il y avait peu de reportages à faire — il ne se produisait généralement le dimanche que des accidents de la route, ce qui n'était pas la spécialité de Radio-Canada —, Martial Bergevin avait persuadé son patron de le laisser aller voir, avec un caméraman de la Maison, s'il n'y avait pas quelque chose d'intéressant ou de pittoresque là-bas. Le patron s'était d'autant plus aisément laissé convaincre qu'il avait reçu quelques jours plus tôt une note de service du directeur de l'information rappelant que les régions — par la voix de quelques députés fédéraux — se plaignaient plus que jamais d'être mal couvertes par l'information dite nationale.

C'était le premier reportage personnel de Martial Bergevin — il n'avait assuré jusque-là que des reportages qui lui avaient été commandés par ses patrons. Ces sujets imposés étaient de la plus extrême banalité : par exemple, l'incendie d'une immense citerne de pétrole dans l'est de Montréal ; ou la mésaventure d'un jeune homme de Repentigny qui n'avait rien trouvé de mieux, pour se suicider, que de circuler à toute vitesse du côté gauche d'une autoroute et avait causé la mort de sept personnes sans parvenir à se briser autre chose qu'une côte. Bref, il n'avait pu faire que le genre d'information dont a absolument besoin une émission d'information de soixante minutes quand les grandes nouvelles du jour ne donnent pas plus de deux minutes de bonnes images. S'étant jointe à l'émission quelques semaines avant lui, Marie-Claire Labelle héritait de sujets plus intéressants, même si leur intérêt était souvent des plus minces, le Québec n'ayant pas les ressources nécessaires pour passionner l'opinion publique pendant une heure cinq jours par semaine. Il y a une limite au nombre de maniaques originaux, de criminels inspirés et de politiciens divertissants qu'un peuple de six ou sept millions d'habitants peut engendrer avec un minimum de régularité.

Le week-end ayant été fort peu fertile en événements — pas le moindre écrasement d'avion, pas même d'élections démocratiques dans un pays de l'Est —, il avait bien fallu utiliser au *Dix-huit heures pile* du lundi le reportage de Notre-Dame-des-Roses, ce qui avait donné à l'imperturbable lecteur de nouvelles l'occasion de se débarrasser dès le début de la semaine de l'obligation d'esquisser son triste sourire hebdomadaire. Et pour la seconde fois (la première ayant été l'histoire du «conducteur fou de Repentigny»), un reportage signé Martial Bergevin fut repris aux nouvelles de vingt-deux heures, qui souffraient ce soir-là de la même pénurie.

Martial Bergevin aurait normalement été heureux que son premier reportage personnel soit diffusé deux fois. Mais il était furieux : on y avait coupé la séquence de la petite qui montrait son arrière-train comme la statue de la Sainte Vierge. Le réalisateur avait tenté de lui expliquer que si on gardait ça, le téléphone ne dérougirait pas de toute la soirée (ce qui n'avait pas empêché une bonne centaine de téléspectateurs de téléphoner pour protester contre la dernière phrase du journaliste, qui révélait une fois de plus que Radio-Canada n'était qu'un repaire d'athées et de séparatistes).

Mais Martial Bergevin fut encore plus frustré lorsqu'on lui refusa de faire la suite de son reportage. Après qu'il eut beaucoup insisté, le producteur l'autorisa à retourner sur les lieux, mais le privait d'un caméraman, ce qui équivalait à lui interdire tout reportage. Le comble : c'était Marie-Claire Labelle qui héritait du caméraman, pour une vulgaire inauguration d'usine par le Premier ministre.

Martial Bergevin repartit quand même pour Notre-Dame-des-Roses. Peut-être le charme de Floralie Lahaise n'était-il pas complètement étranger à cette décision.

En route, dans sa voiture, il fut tenté de faire demi-tour. Il y avait mille et un sujets de reportages moins futiles que celui-là : les sans-abri, la faim en Éthiopie, les souffrances des animaux utilisés dans les tests de produits de beauté, l'entreposage des pneus usés...

À partir de Drummondville, il se reprocha d'aller perdre son temps et son talent à enquêter sur un faux miracle rigolo qui n'intéressait personne. Mais il passa tout droit devant le premier téléphone public aperçu à Laurier-Station. Lorsqu'il traversa Saint-Apollinaire, il se dit qu'une fois l'affaire de Notre-Dame-des-Roses terminée il y aurait encore dans le monde des quantités considérables de misère et de souffrance. Il serait toujours temps d'y voir.

* * *

Quelques heures plus tard, en sirotant une bière au bar Panaméricain de l'hôtel Médaille de bronze, Martial Bergevin avait pris une décision : il deviendrait la voix et le visage du miracle de Notre-Dame-des-Roses. Quel que soit le fond de cette histoire, il ne la lâcherait pas tant qu'il n'aurait pas découvert la vérité. Le vieux et la petite mentaient-ils ? Quelqu'un trichait-il ? La statue pouvait-elle avoir été trafiquée ? Si oui, par qui et dans quel but ?

Il avait été tenté de s'emparer nuitamment de la statue et de la faire examiner par des experts. Mais il était, d'une certaine manière, trop tôt pour découvrir la vérité. Cela aurait tué l'affaire dans l'œuf.

D'abord, il fallait gonfler cet événement, s'assurer qu'on ne parlerait plus que de lui. Le public avait souvent été, ces dernières années, abusé par de faux miracles, mais cela n'avait pas empêché ceux-ci de faire la une des journaux.

Ce qui semblait intéressant ici, c'était que les deux témoins de la chose étaient on ne pouvait plus différents l'un de l'autre : un vieux, sûrement conservateur, posé, tranquille, fuyant les médias comme la peste ; et une jeune quasi-punk, campagnarde tout à fait mignonne et prête à montrer ses fesses pour passer à la télévision. Trois générations séparaient les deux témoins, mais cela ne les empêchait pas de dire la même chose sans qu'on puisse les soupçonner de collusion : la Sainte Vierge montrait son postérieur. Et ni l'un ni l'autre, ce qui soulignait leur bonne foi, ne tentait de fournir d'explication à ce phénomène. Ils l'avaient vu, un point c'est tout, et semblaient aussi perplexes que n'importe qui quant à ses causes ou son sens.

*　*　*

À Notre-Dame-des-Roses, Floralie Lahaise avait été la seule à voir le reportage de Martial Bergevin, parce qu'elle espérait s'y voir. Elle fut donc amèrement déçue.

Aucun autre Roserois ou Roseroise ne le vit, parce qu'il fut diffusé, la première fois, à la même heure que *La Roulette chanceuse* ; et la seconde fois, en même temps qu'un autre jeu tout aussi populaire : *Cherchez la phrase*. Mais des milliers de gens, d'un bout à l'autre du Québec, entendirent parler de la statue miraculeuse. Cela fit converger dès le lendemain matin une foule considérable sur le petit village. Et, comme partout où se presse une foule considérable, une bonne demi-douzaine de journalistes s'y rendirent aussi.

À dix heures, un correspondant de la Presse canadienne, fraîchement arrivé de Québec, avait essayé de communiquer avec Agaric Meunier. Mais celui-ci avait dit à Gilbert Landreville qu'il ne voulait voir personne et il lui avait demandé de faire monter à sa chambre son repas du midi.

À seize heures, prévenu par l'aubergiste que des journalistes l'attendaient dans le hall, Agaric Meunier sortit par la porte qui donnait sur le stationnement arrière de l'hôtel. Un seul journaliste, occupé à uriner sous un saule pleureur, le vit sortir. C'était un journaliste de la radio. Il se secoua rapidement, s'approcha du vieillard et le supplia presque : « Dites-nous ce que vous avez vu, monsieur Meunier. » Il se contenta de roter dans le micro, parce qu'il avait mangé des concombres avec un peu de lait et des morceaux d'oignon, comme chaque fois qu'Irène Landreville réduisait les repas des pensionnaires à leur expression la plus simple et la plus crue. Le journaliste offensé avait détourné son micro alors qu'Agaric Meunier était justement sur le point de lui raconter ce qu'il avait vu, parce qu'en descendant l'escalier il avait finalement décidé qu'il valait mieux tout dire aux journalistes afin de se débarrasser d'eux une fois pour toutes. Le vieillard changea d'avis une fois de plus et marcha jusqu'au parc Notre-Dame-des-Roses, où une foule compacte et bigarrée commençait à se bousculer.

*   *   *

On peut, sans risquer de tomber dans l'arbitraire, classer cette foule en trois groupes.

Le premier — le plus nombreux mais le plus passif — était formé de badauds, simples curieux arrivés des villages environnants, plus désireux de voir d'autres curieux que d'assister à un phénomène au sujet duquel ils n'avaient aucune opinion. Plusieurs avaient apporté leur appareil photo ou, pour les plus riches, leur caméra vidéo, dans l'espoir de fixer à l'intention de la postérité toute image digne d'être fixée pour la postérité.

La seconde partie de la foule, la moins importante, était une étrange coalition d'athées, de cyniques et d'anticléricaux sans autre lien que l'envie de se moquer de la religion et des gens religieux. Pour la première fois, ils avaient l'occasion d'assister à un miracle qui leur plaisait autant que s'ils l'avaient eux-mêmes inventé. La Sainte Vierge qui montrait son cul, c'était beaucoup plus facile à croire, pour ces gens-là, que des icônes en pleurs. Ce qu'ils repoussaient du revers de la main comme absolument impossible devenait tout à coup parfaitement plausible. Sans croire aux miracles, ils étaient tout à fait disposés à prêter foi à celui-là.

La troisième partie de la foule, la plus fervente, était celle des croyants — devrait-on dire des crédules? Il y avait des membres de l'Armée de Marie et de l'Ordre de Papineau, des partisans de la Demeure du Père, plusieurs têtes blanches ornées du béret jaune des Pèlerins de Saint-Joseph. Ils avaient jadis été Croisés, Lacordaire ou Jeanne d'Arc, et ils s'étaient plus récemment joints aux mouvements contre l'école non confessionnelle, contre l'avortement, contre la drogue et contre la taxe sur les produits et services. Ils avaient toujours cru à tout — aux stigmates, au saint suaire de Turin, aux apparitions de Lourdes et de Fatima, aux fleurs du paysan de Guadalupe. Presque tous avaient, au moins une fois, monté à genoux les marches de l'oratoire Saint-Joseph. Quelques-uns étaient allés en Yougoslavie dans l'espoir d'assister à des apparitions. Ou aux Philippines pour admirer les merveilles des guérisseurs. D'autres avaient fait des croisières mariales en Méditerranée. Et ils avaient enfin la chance d'avoir une statue miraculeuse pas très loin de chez eux. Pas d'avion à prendre ; il suffisait de sauter dans la voiture familiale ou de louer un autocar, et ils arrivaient de Rimouski ou de Québec. Il en était même venu quelques-uns de Montréal. Le fait qu'on ait laissé entendre que la Vierge faisait des gestes inconvenants ne les retenait pas. Les uns jugeaient que les médias étaient dominés par les forces sataniques et qu'il était fort possible que Dieu, dans sa sagesse infinie, ait tendu un piège à leurs yeux de païens. Les autres se disaient que la Sainte Vierge montrant son arrière-train était plutôt la preuve définitive que le bon Dieu en avait assez de ce monde de mécréants qui ne respectaient plus rien.

C'étaient eux, les croyants, qui étaient les plus visibles et les plus audibles. Ils chantaient les plus beaux cantiques du mois de Marie. Et, lorsqu'ils ne chantaient pas, il y avait un constant égrènement de chapelets, accompagné de mouvements de lèvres interminablement répétés.

* * *

Lorsque Agaric Meunier arriva à son tour, il y avait bien là deux cents personnes, presque autant d'hommes que de femmes. Il lui était difficile de se frayer un chemin au milieu de cette foule compacte. Il renonça donc à fumer sa pipe tranquillement sur son banc. Il alla la fumer plus loin, derrière le presbytère, où il n'y avait personne d'autre que le curé Gendron, qui l'invita à s'asseoir à côté de lui sur l'une de ses grandes chaises de jardin en bois, encore plus inconfortables que les bancs de fer du parc. Mais Agaric Meunier n'aurait jamais osé offenser le curé en refusant.

— Comment allez-vous, monsieur Meunier? demanda le curé obligeamment, après avoir hésité pendant un bon quart d'heure sur la manière d'aborder le sujet qui le préoccupait.

— Pas trop mal, mais j'ai une douleur, là, avec une bosse, ça doit être de l'arthrite, répondit Agaric Meunier en montrant sa main gauche, convaincu que le curé se préoccupait vraiment de sa santé.

— C'est vrai? demanda le curé qui ne se souciait pas du tout de la santé de son paroissien, du moins pas ce jour-là.

— Si c'est vrai? Tous les jours, depuis trois semaines, ça arrête pas d'élancer. Pas tout le temps, mais...

— Je parle de la statue, précisa le curé. C'est vrai qu'elle bouge?

Agaric Meunier cracha dans l'herbe un court jet de jus de pipe, faillit dire quelque chose mais, ne trouvant rien de convaincant, se contenta de hocher la tête en diagonale, mouvement que le curé interpréta comme affirmatif.

— Vous avez quel âge, monsieur Meunier?

— Quatre-vingt-deux en décembre.

Ils ne se dirent rien de plus. Le curé Gendron se dit que le vieillard était assez intelligent pour comprendre qu'il le mettait par son mutisme en garde contre les mauvais tours que ses yeux et son imagination pouvaient lui jouer. Et Agaric Meunier crut que le curé voulait lui signifier qu'à son âge il serait bon de retourner à la messe ou à confesse. Il n'en avait aucune envie. Il le manifesta en retournant s'asseoir sur son banc, derrière la statue.

*   *   *

Une bonne douzaine de caméras vidéo appartenant à des amateurs restaient pointées en permanence sur la statue de Notre-Dame des Roses. La plupart tournaient sans arrêt. Les caméramans expliquaient aux gens qui les entouraient que ce n'était pas bien grave, que les vidéocassettes ça se réutilisait, et que la seule chose qui leur faisait peur, c'était que les piles se déchargent, mais qu'ils avaient encore bien plus peur de manquer le moment où «ça» se passerait.

À dix-huit heures, il ne s'était rien passé. Agaric Meunier décida de s'en aller. Floralie Lahaise le suivit. Elle avait mis une minijupe, au cas où on lui redemanderait d'imiter la Sainte Vierge pour la télévision. Elle s'était dit que si elle n'était pas passée à la télé la veille, c'était peut-être parce qu'elle avait porté une jupe trop longue, qui faisait ancien et cachait tout.

Les mécréants qui étaient venus là dans l'espoir de voir ce miracle irrévérencieux commençaient à se dire les uns aux autres, à voix assez haute pour que tout le monde les entende, que les miracles, même les plus rigolos, c'était toujours de la frime. Les croyants, soulagés de voir qu'il ne s'était produit aucun miracle blasphématoire, se mirent à entonner avec soulagement un grand «Ave, ave, ave Maria» dans l'espoir de couvrir les insolences de leurs adversaires.

Un grand incroyant, pour se moquer, secoua les cendres de sa cigarette sur la tête d'un croyant court sur pattes, debout juste devant lui. Mais le croyant s'en aperçut. C'était Gaby Théroux, un ancien lutteur recyclé en défenseur de fœtus. Il se retourna brusquement,

55

et presque sans élan attrapa de son poing le menton de son agresseur, lui faisant voler trois dents hors de la bouche.

Des mécréants se portèrent à la défense de leur camarade attaqué. Peu de gens se battirent — une vingtaine, surtout des mécréants, mais le défenseur des fœtus en valait une douzaine à lui tout seul. Les combats s'arrêtèrent dès que les agnostiques se rendirent compte qu'ils n'auraient pas le dessus. Quand on ne croit à rien, il est difficile de se battre pour ses convictions.

Martial Bergevin fit le tour des caméramans amateurs, convaincu qu'ils lui offriraient des images pour illustrer un reportage. Mais tous avaient éteint leur appareil dès le début de la bagarre, de peur de se le faire briser.

GILBERT LANDREVILLE avait remporté une médaille de bronze au lancer du poids au cours des Jeux panaméricains d'il n'osait plus avouer quelle année. Il avait le nez et le front un peu aplatis, résultat de lamentables tentatives de se recycler en boxeur professionnel. Mais, comme il craignait que quelqu'un n'ait la mauvaise idée d'aller consulter son honteux dossier de boxeur, il préférait laisser croire qu'une haltère lui avait échappé des mains alors qu'il faisait des exercices de musculation. En vieillissant et en prenant du poids, il était devenu ventripotent. Mais tout le monde à Notre-Dame-des-Roses continuait à le croire fort comme un bœuf, et il n'avait pas son pareil comme videur dans le bar de l'hôtel qu'il avait fait construire grâce à la fortune dont sa femme, née Irène Desrosiers, avait hérité.

Il accueillit avec un rare sourire Agaric Meunier à son arrivée dans la salle à manger. Il se donna même la peine de le reconduire à sa table et de l'aider à s'asseoir, poussant l'affabilité jusqu'à lui demander des nouvelles de sa santé, ce qu'il n'avait jamais fait auparavant. Agaric Meunier eut envie de lui parler de la bosse qu'il avait au doigt, mais sa méfiance devant une telle obséquiosité le poussa à se raviser et il se contenta de marmonner que ça allait «pas pire».

On lui servit du poulet rôti — ce qui était exceptionnel, la maison étant plutôt spécialisée, pour la table d'hôte de ses pensionnaires, en plats dits «régionaux»: pâté à la viande, ragoût de pattes, pâté chinois et autres mets peu coûteux que les touristes américains qui s'égaraient à Notre-Dame-des-Roses commandaient parfois sans savoir que c'étaient le bifteck lyonnaise, le coquelet bourguignon et l'escalope milanaise qui leur étaient destinés.

Agaric Meunier crut remarquer que Jos Lamy, à la table voisine, mangeait des fèves au lard. Monsieur Gauthier, toujours à l'écart, était trop loin pour qu'il soit possible de voir ce qu'on lui avait servi, mais cela devait être la même chose.

Au dessert (un quartier de tarte au sucre, servi pour la première fois avec de la crème glacée), Gilbert Landreville vint s'asseoir devant lui.

— Vous permettez? demanda-t-il sur le ton de la plus exquise politesse après s'être assis.

Agaric Meunier ne se donna pas la peine de répondre.

— J'ai une bonne nouvelle à vous annoncer, dit l'hôtelier.

Le vieillard fronça les sourcils. À son âge, il avait depuis longtemps appris à se méfier des bonnes nouvelles encore plus que des mauvaises.

— Je vais vous loger gratuitement. Les repas compris.

Agaric Meunier grimaça. Les choses gratuites ne lui inspiraient pas plus confiance que les bonnes nouvelles.

— Vous devinez sûrement pourquoi? dit encore Gilbert Landreville à son vieux client qui ne devina rien mais suivit son regard circulaire autour de la salle à manger bien plus remplie que d'habitude.

— Trente-sept soupers! annonça fièrement l'aubergiste. Et seize chambres louées pour cette nuit. En plus des pensionnaires, comme de raison.

Agaric Meunier ne comprenait toujours pas.

— Tout ça grâce à vous, fit Gilbert Landreville avec le sourire de la plus intense satisfaction. Y a des journalistes. Du monde de Québec. Y en a même de Montréal. Les miracles, ça attire le monde.

Agaric Meunier examina les petits yeux porcins de son interlocuteur et crut comprendre.

— Comme ça, vous me gardez gratis...

— ... tant que vos miracles continueront de remplir mon hôtel! compléta triomphalement Gilbert Landreville.

Agaric Meunier se leva brusquement.

— Je fais pas de miracles.

Gilbert Landreville resta assis, saisi d'effroi à l'idée qu'il ait pu dire quelque chose qui aurait choqué son pensionnaire depuis peu préféré.

Il se contenta d'adresser un sourire embarrassé à sa femme qui observait la scène de loin, pour l'assurer qu'il faisait tout son possible pour que fructifie le patrimoine matrimonial.

*   *   *

«Pourquoi moi?» se demanda Agaric Meunier en se déshabillant. Comme il se déshabillait lentement, il eut tout le temps de faire le tour de cette question.

Il se posait rarement des questions graves. La dernière fois, ce fut plutôt «pourquoi elle?» quand un médecin lui avait appris que Marie-Marthe se mourait d'un cancer du poumon, alors que c'était lui qui fumait.

«Oui, se demanda-t-il, pourquoi moi et pas Jos Lamy ou monsieur Gauthier ou même Gilbert Landreville? Ça ferait bien son affaire, à celui-là.»

Pourquoi la Sainte Vierge se montrait-elle à lui? Il n'avait rien fait de bien ou de mal pour mériter une chose pareille, dont il n'était pas sûr si elle était bonne ou mauvaise. La Sainte Vierge lui en voulait-elle? Ou cherchait-elle à le récompenser? Essayait-elle de lui dire quelque chose? Par exemple, de lui rappeler qu'il n'avait pas fait ses Pâques depuis bien avant que presque tout le monde cesse de les faire?

Ce n'est qu'au moment où il déposa — lentement et soigneusement pour éviter de le froisser — son pantalon fripé sur le dossier de sa chaise qu'il se rappela qu'il n'était pas le seul à avoir vu la statue bouger. La petite Lahaise l'avait vue bouger, elle aussi. Et cela lui donna enfin la réponse à sa question: «Pourquoi moi? Parce que ça peut arriver à n'importe qui.»

Et il décida aussitôt de faire ce qu'aurait fait n'importe qui à sa place: accepter l'offre de Gilbert Landreville et laisser croire que c'était grâce à lui s'il y avait des miracles.

*　　*　　*

Floralie Lahaise était rentrée chez sa mère plus tôt que d'habitude. Martial Bergevin l'avait abordée au moment où elle quittait le parc Notre-Dame-des-Roses. Il lui avait demandé si elle accepterait d'être interviewée pour la télévision. Il s'agirait d'une belle grande entrevue, pendant laquelle elle aurait le temps de raconter tout ce qu'elle voudrait. Le seul problème, c'est qu'il n'avait pas de caméraman avec lui. Il la rappellerait ce soir-là dès qu'il saurait quand on lui en enverrait un.

Le téléphone sonna enfin, quelques minutes avant vingt-trois heures.

— Vous pouvez venir me rejoindre au Panaméricain?

— Oui, si tu veux, dit-elle flattée d'avoir été vouvoyée par un journaliste de Radio-Canada mais aussitôt contrite de ne pas avoir eu la présence d'esprit de le vouvoyer à son tour.

— Je sors, dit-elle à sa mère qui regardait la télévision dans la boutique parce qu'elle ne fermait qu'après les nouvelles sportives, dernière occasion pour les buveurs de bière du village de s'apercevoir que leurs provisions baissaient.

— Où tu vas?

— Parler à un journaliste.

— Tu rentres pas trop tard?

Floralie ne répondit pas. Claudette Lahaise avait renoncé à influencer sa fille. Elle se contentait de lui demander où elle allait et quand elle rentrerait, parce que c'était son devoir. Elle savait que sa fille lui disait n'importe quoi et ne pouvait pas lui en vouloir lorsqu'elle ne daignait pas répondre.

* * *

Avant de mettre toute son énergie et tout son jeune talent dans l'affaire de Notre-Dame-des-Roses, Martial Bergevin sentait la nécessité de s'assurer que ses deux témoins étaient dignes de confiance. Rien à faire avec le vieux: il ne voulait parler à personne. Mais ce n'était pas lui le témoin le plus inquiétant : son âge et son allure intègre en faisaient le plus inattaquable des témoins. Si jamais il affirmait que la statue de Notre-Dame des Roses dansait la lambada ou chantait « Ils ont des chapeaux ronds », on le croirait.

Seule la qualité de la vision d'Agaric Meunier laissait à désirer. Au téléphone, l'optométriste de la ville voisine, flatté d'être interrogé par un journaliste de Radio-Canada, avait oublié toute notion de secret professionnel pour révéler que son client avait besoin de nouvelles lunettes mais ne se les était pas encore procurées.

— Maintenant, comme les examens optométriques sont gratuits, mais que les lunettes coûtent cher, les pauvres savent qu'ils voient mal, mais ne sont pas plus avancés que s'ils n'en savaient rien. À votre place, j'enquêterais là-dessus, avait suggéré le spécialiste qui possédait des parts importantes dans une chaîne de magasins de lunetterie.

Si Martial Bergevin n'avait aucune raison de douter de la qualité des yeux de Floralie Lahaise, il se rendait compte qu'elle n'était pas le plus rassurant des témoins. Ses frasques, ses fugues et les ragots dont elle faisait l'objet avaient rempli plusieurs feuillets dans son carnet de notes.

Après s'être fait refuser une fois de plus l'envoi d'un caméraman parce qu'il fallait couvrir l'inauguration de la construction d'une usine d'épuration des eaux à Sainte-Foy (« L'environnement et l'économie, ça intéresse plus de monde qu'une bataille qui n'envoie personne à l'hôpital », avait expliqué le producteur), le journaliste aurait pu annuler son rendez-vous avec Floralie Lahaise. Mais il maintint sa décision de la rencontrer, pour s'assurer de sa sincérité et parce qu'il n'avait rien d'autre à faire. Et peut-être surtout parce qu'il avait envie de la revoir.

Elle arriva au Panaméricain trois minutes après son coup de fil, revêtue d'un joli chemisier tout propre et de la minijupe avec laquelle elle avait espéré mimer une fois de plus la Sainte Vierge pour la télévision. Elle le repéra, à une table du fond, et il se leva galamment pendant qu'elle s'assoyait à côté de lui, dos au mur pour s'assurer que les gens de la salle pouvaient bien la voir.

Gilbert Landreville, debout derrière le bar, fit signe au garçon qu'il pouvait servir la jeune fille même si elle n'avait pas dix-huit ans. On n'avait pas tous les jours un journaliste de la télévision dans la place. Martial Bergevin, qui avait oublié dans son enquête au sujet de la jeune fille de demander quel âge elle avait, en déduisit qu'elle était majeure.

Elle commanda une margarita pour faire chic et exotique. Il souleva sa bouteille de bière pour signaler au garçon qu'il en désirait une autre.

— Écoutez, mademoiselle Lahaise, dit-il sans plus attendre et en adoptant sa voix la plus basse et la plus nasillarde, je suis prêt à donner les prochaines semaines de ma vie pour tirer cette affaire au clair. Pour découvrir s'il y a un vrai miracle ou si vous êtes victime d'une supercherie. Mais, avant de jouer ma carrière, il faut que je sache une chose.

Elle ouvrit de grands yeux innocents qui déjà le rassurèrent aux trois quarts.

— Il faut que vous me disiez si vous avez vraiment vu la statue faire ce que vous dites qu'elle a fait.

— Oui, je l'ai vue. Deux fois.

Floralie Lahaise se leva, écarta un peu la table, lui tourna le dos.

— Elle a fait comme ça.

Elle fit le même geste qu'elle avait déjà mimé et qui ressemblait à une révérence. Des deux mains, elle souleva généreusement sa minijupe, dévoilant une culotte blanche d'une propreté immaculée, car elle venait tout juste de l'enfiler.

— Vous avez bien vu? demanda-t-elle avant de se rasseoir. Je peux recommencer, si vous voulez?

— Non, ça ira.

*   *   *

Comment aboutirent-ils dans la chambre de Martial Bergevin? Fut-ce lui qui l'invita? Ou elle qui se faufila? Probablement un peu des deux à la fois. Toujours est-il qu'ils y montèrent après avoir pris chacun deux consommations de plus.

MARTIAL BERGEVIN n'avait encore cou-
ché qu'avec des femmes plus âgées que lui, naturelle-
ment portées à faire étalage de leurs techniques
amoureuses quand elles avaient affaire à un jeune
homme. Avec Floralie Lahaise, ce fut au contraire spon-
tané et joyeux, innocent et pervers. Il n'avait jamais
senti s'agripper à lui un corps si mince et si énergique.
Il n'avait jamais ressenti un tel désir si rapidement re-
nouvelé. Et il n'avait jamais si peu dormi pendant une
si longue nuit.

Au matin, quand il se leva pour se raser, il demanda
à Floralie Lahaise, qui semblait déterminée à ne pas
bouger de son lit :

— Au fait, tu as quel âge ?

— Quinze ans.

Il soupira.

— Écoute, il faut que personne n'apprenne qu'on a
passé la nuit ensemble. Ça pourrait me causer des ennuis, tu comprends ?

Floralie Lahaise ne comprenait pas, mais ce n'était
pas la première fois qu'un homme lui disait pareille

chose et, à défaut de la comprendre, elle était capable de l'accepter.

— Correct, murmura-t-elle.

— Je pense qu'il vaudrait mieux qu'on recommence à se vouvoyer, si ça te fait rien ?

— Non.

Au contraire, elle aimait beaucoup se faire vouvoyer par ce jeune homme qui parlait français comme un vrai Français.

Quand Martial Bergevin s'était installé devant la petite table face à la fenêtre et avait fait semblant de prendre des notes dans son calepin, elle avait fini par comprendre qu'il était temps qu'elle parte.

— L'interview, c'est pour quand ? demanda-t-elle en ouvrant la porte.

— Dès que mon caméraman sera arrivé, on s'en occupe. Je t'en reparle bientôt.

Elle faillit lui faire remarquer qu'il la tutoyait toujours. Mais elle ne dit rien, car elle commençait à avoir l'impression de s'être fait avoir.

MARGUERITE MEUNIER était une petite vieille adorable — ou du moins elle maîtrisait parfaitement l'art délicat de ressembler à une petite vieille adorable.

Au téléphone, elle avait accepté de bonne grâce le rendez-vous de Martial Bergevin.

— J'aimerais vous parler de votre mari, avait-il proposé.

— Très bien, je vous attends, avait-elle répondu d'une voix souriante.

Elle l'avait fait asseoir dans un coin de son salon, près d'une grande fenêtre ouverte sur le fleuve, parmi des meubles de rotin dont les coussins avaient connu des jours meilleurs, des plantes vertes aux pointes brunies, des bibelots poussiéreux posés partout où peuvent se percher des bibelots. Au mur, des reproductions de tableaux de grands maîtres dans des encadrements banals témoignaient elles aussi que la propriétaire des lieux avait jadis eu du goût, mais que ce goût s'était démodé en même temps que les objets perdaient de leur fraîcheur. Même ses vêtements présentaient une élégance dépassée, avec leurs couleurs délavées.

Elle servit du thé au journaliste. Un thé un peu fané, lui aussi, qui rappelait les thés insipides qu'on buvait autrefois.

— Que voulez-vous savoir de mon mari? demanda-t-elle enfin.

Sans attendre la réponse, elle poursuivit:

— Je suppose que c'est en rapport avec cette histoire de statue, et que vous voulez savoir si mon mari a toute sa tête?

Sans laisser à Martial Bergevin le temps d'acquiescer, elle poursuivait, comme si elle avait longtemps préparé sa réponse:

— Il vous est sûrement difficile d'imaginer que mon mari était un bel homme quand il avait trente ans...

Martial Bergevin n'avait aucun mal à l'imaginer. Agaric Meunier avait des traits à la fois fins et solides, un regard intelligent et rêveur. On n'avait qu'à se poser la question pour deviner qu'Agaric Meunier avait été un jeune homme tout à fait séduisant.

— D'ailleurs, il vous ressemblait beaucoup. Mais me croirez-vous si je vous dis que je l'ai séduit?

Cela aussi, Martial Bergevin était disposé à le croire. Sans qu'il soit possible de savoir si elle avait été une femme d'une grande beauté, il était évident qu'elle avait toujours eu du charme et qu'elle était capable d'arriver à ses fins.

— Dans ce temps-là, il travaillait dans les trains. C'était juste avant la guerre. Moi, j'étais institutrice. On disait maîtresse d'école. Un soir que je suis revenue de Québec en train, après être allée voir ma mère, il était venu me reconduire jusqu'à ma porte — j'habitais déjà ici —, parce qu'il faisait noir et que je faisais semblant de frissonner. Savez-vous ce que j'ai fait?

Martial Bergevin ne chercha pas à deviner. Il commençait à s'habituer à ces questions qui n'attendaient pas de réponse.

— Je l'ai invité à prendre une tasse de thé. Comme vous.

Elle eut un petit rire. Était-ce le souvenir de son mari, ou la perspective saugrenue de séduire un homme si jeune?

— Et je l'ai eu. Oui, plus j'y pense, plus je me dis que je l'ai eu.

Elle s'interrompit, le temps de déguster une gorgée de thé ou de savourer le souvenir de ce jour où elle avait eu Agaric Meunier.

— Je me suis tout de suite crue enceinte. Je n'y connaissais pas grand-chose. Et Agaric était facile à convaincre. Il a toujours été facile à convaincre, vous savez. Il n'aime pas beaucoup discuter. Alors, il préfère dire oui. Ou il fait semblant d'être d'accord. Ou il s'en va.

Nouveau silence, un peu long celui-là, comme si elle avait voulu goûter une idée qui lui serait venue à l'esprit pour la première fois.

— Nous nous sommes mariés rapidement. Je lui ai fait abandonner les chemins de fer. Il était parti trop souvent. J'ai obtenu de le faire embaucher par Rosaire Desrosiers comme chauffeur de son ambulance qui servait aussi de corbillard. Puis la guerre a éclaté. Agaric s'est enrôlé. Oui, oui: volontaire, bien avant la conscription. Je n'ai jamais très bien compris pourquoi. J'ai pensé que c'était parce que je n'étais pas enceinte, finalement. Mais peut-être qu'il s'est seulement laissé convaincre par un recruteur?

Cette fois, le silence fut plus lourd et plus long encore, le temps de se faire un reproche, de le repousser et de se le refaire.

— Il paraît qu'il a été un héros. En tout cas, il est revenu entier. Il s'est remis à travailler comme chauffeur. Et il a pris une maîtresse.

Martial Bergevin sentit que le sourire, cette fois, était forcé.

— Je ne lui en ai pas trop voulu. Personne n'a jamais été capable de lui en vouloir longtemps, à mon Agaric. Il continuait de passer ses nuits avec moi. Mais tous les après-midi, il allait chez cette femme. Puis il venait souper ici, comme s'il rentrait directement de son travail.

Nouveau silence. Martial Bergevin crut qu'elle se demandait si son mari n'avait pas considéré ses visites à sa maîtresse comme un travail. Elle secoua la tête, comme pour écarter cette idée.

— Je ne peux pas dire que j'aimais ça. Mais je ne peux pas dire que ça me dérangeait vraiment. Ce qui me déplaisait le plus, c'est que tout le village savait qu'il ne fallait pas compter sur l'ambulance entre quatre et six, et qu'on me regardait souvent avec pitié. Mais est-ce que je faisais vraiment pitié ?

Martial Bergevin hocha la tête machinalement. Il était prêt à admettre qu'elle ne faisait pas du tout pitié.

— Cela a duré vingt ans comme ça. Puis elle est morte. Je ne pense pas m'en être réjouie. Pas longtemps, en tout cas, parce qu'il est parti tout de suite après. Il a pris une chambre au village. Il ne m'a même pas dit qu'il me quittait. Ni pourquoi.

Elle étendit le bras vers la théière, remplit sa tasse de thé, lentement, le temps qu'il fallait pour détourner quelques instants un regard devenu trop sombre.

— Je ne l'ai jamais revu. Pas de près, en tout cas. Je sais qu'il va tous les jours s'asseoir au parc. Mais je sais aussi que je n'ai rien à faire là.

Elle vida entièrement sa tasse avant de la poser sur le guéridon. Martial Bergevin allait se lever et la remercier, convaincu qu'il n'aurait pas de réponses à ses questions sur Agaric Meunier. Mais elle reprit :

— Finalement, la seule chose que je ne peux pas lui pardonner, c'est qu'il ne m'a jamais dit : « Je t'aime. »

Ainsi, Agaric Meunier était incapable de mentir. Le journaliste se leva tout à fait.

— Est-ce que j'ai bien répondu à vos questions ? demanda Marguerite Meunier d'une voix inquiète.

— Oui, répondit-il sans mentir même s'il n'en avait posé aucune.

*   *   *

En montant dans sa voiture, Martial Bergevin songea qu'il n'avait jamais dit à une femme qu'il l'aimait. Pourtant, il avait été tenté de le faire pendant sa nuit avec Floralie Lahaise. Mais il s'était retenu, de crainte qu'elle ne le croie.

Et peut-être aussi parce qu'il redoutait d'y croire lui-même.

PIERRE GERMAIN avait horreur de se faire appeler «mon père» ou «monsieur l'abbé». Il se présentait toujours comme «monsieur Pierre Germain» et faisait semblant de ne pas entendre lorsqu'on l'appelait autrement.

Le curé Gendron avait l'attitude opposée. Si on l'appelait «monsieur Gendron», il y voyait un rejet de sa condition de représentant de Dieu sur Terre. Il avait fini par se résoudre à abandonner la soutane, parce qu'il avait tendance à mal aligner boutons et boutonnières et en avait assez de s'y reprendre à deux ou trois fois tous les matins. Mais il n'avait pas renoncé au col romain, autre attribut de son état que Pierre Germain avait remplacé par une cravate bleu marine sur fond de chemise bleu pâle.

Avant même que l'envoyé de l'évêque n'ait passé le seuil du presbytère de Notre-Dame-des-Roses, il s'installa donc une solide inimitié entre les deux membres du clergé.

— Monsieur Gendron? avait demandé Pierre Germain au curé qui venait d'ouvrir la porte.

— Ah, vous devez être l'abbé Germain ? avait rétorqué le curé Gendron.

Celui-ci s'était adressé à l'évêché le lendemain de la bagarre entre croyants et mécréants, après avoir vainement espéré que le reportage de Radio-Canada attirerait l'attention des autorités ecclésiastiques. Mais le personnel de l'évêché de Rimouski était aussi friand de *La Roulette chanceuse* et de *Cherchez la phrase* que les paroissiens de Notre-Dame-des-Roses. Seul Pierre Germain avait vu le reportage de Martial Bergevin, mais il n'y avait pas fait attention car il ignorait alors que Notre-Dame-des-Roses faisait partie de son diocèse.

L'évêque avait promis au curé Gendron de lui envoyer «un spécialiste de ces questions, l'abbé Germain». Pourquoi l'évêque avait-il présenté l'abbé sous ce titre-là ? Il n'aurait pu le dire ; quelles qu'aient été les questions dont il pouvait être question à Notre-Dame-des-Roses, Pierre Germain n'en était aucunement spécialiste.

En réalité, il avait passé les douze années précédentes loin de la vie religieuse, qui ne l'intéressait guère, au service de la Régie de la langue française où on lui avait donné le titre de sous-directeur du vocabulaire de la vie quotidienne.

Arrogant, tranchant, méprisant pour quiconque ne partageait pas son avis, il s'était fait de nombreux ennemis même s'il était loin de s'en douter.

Il croyait au contraire que les batailles qu'il avait menées avaient apporté une contribution profonde et indélébile à la vie culturelle canadienne-française et qu'il était impossible que le peuple québécois ne lui en sache pas gré.

Ainsi, il était très fier de se dire l'inventeur du vocable «dépanneur» pour désigner ces petits magasins où on vend un peu de tout, mais où on achète surtout de la bière et des cigarettes.

La discussion avait été vive parmi les linguistes de la RLF. Certains soutenaient que le français ne pouvait survivre en terre d'Amérique que si les Québécois s'intégraient au riche héritage linguistique de la mère patrie. Ils proposaient donc le mot «tabac», mille fois plus acceptable que le détestable «tabagie» dont ils étaient fiers de répéter à quiconque l'ignorait que la seule acception aurait toujours dû être «lieu enfumé par le tabac».

Dans bien des cas, Pierre Germain avait été sensible à cet argument, qu'il avait d'ailleurs souvent utilisé. Mais voilà : il ne fumait pas. Et il fit valoir que de mettre le mot «tabac» sur l'enseigne de milliers de tels petits commerces ne ferait qu'encourager la consommation du tabac. Par ailleurs, celle-ci diminuant sans cesse, il était évident que le mot «tabac» n'allait pas dans le sens de l'Histoire et que les Français eux-mêmes, tôt ou tard, devraient le remplacer par une autre expression. Et il était prêt à parier son bréviaire (qu'il ne lisait jamais, c'est pourquoi il lui aurait été très peu douloureux de s'en départir) que dix ans ou un siècle plus tard les Français, eux aussi, appelleraient leurs dépanneurs des dépanneurs. Il reconnaissait que ce mot désignait en France les membres de professions dont le rôle est de dépanner les gens — mais n'était-ce pas là la fonction d'un petit détaillant qui ouvre ses portes à ses clients lorsque tous les autres commerces sont fermés ?

Il gagna cette bataille, et la Régie recommanda à des milliers de petits commerçants d'appeler leur établissement un dépanneur. Ils obéirent docilement. Et Pierre

Germain triompha, convaincu d'être l'inventeur du mot. En fait, avant même qu'il n'ait songé à proposer l'expression, quelques dépanneurs s'appelaient déjà dépanneurs. Mais il avait mené la lutte avec un tel acharnement qu'on aurait eu mauvaise grâce à lui refuser ce titre de gloire que son oreille trouvait plutôt inharmonieux mais qui flattait sa vanité parce qu'il n'en saisissait pas l'ironie : « père des dépanneurs ».

Six mois avant les événements de Notre-Dame-des-Roses, la situation de Pierre Germain à la Régie de la langue française s'était gâtée. En désaccord avec un sous-ministre qui était prêt, selon lui, à tous les compromis, il avait été forcé de démissionner, ce qu'il tenta de faire avec fracas, mais sans réussir à attirer l'attention des journalistes qui jugeaient bien prétentieux et insignifiant ce curé en civil. Incapable de se trouver un autre emploi comme linguiste, parce qu'il ne possédait aucun diplôme de cette spécialité, il demanda à l'archevêché de Montréal qu'on lui donne une affectation — de préférence dans les relations publiques puisque c'était dans ce domaine qu'il croyait briller le plus, avec son vocabulaire impeccable et sa diction irréprochable.

Après enquête, le directeur des ressources humaines de l'archevêché fut forcé de constater que Pierre Germain était difficile à caser. Pas question de le nommer curé ou vicaire, puisque ces postes ne l'attiraient pas et qu'il ne semblait pas doué pour la pastorale. Pas question, surtout, de lui confier des responsabilités dans les relations publiques à Montréal, puisque tout le monde le connaissait et le détestait. Par contre, l'évêque de Rimouski se laissa convaincre de l'embaucher avec le titre vague de « responsable des projets spéciaux » pourvu que ses émoluments demeurent à la charge de l'archevêché de Montréal.

Furieux d'être muté «au fond des bois», Pierre Germain n'avait trouvé depuis six mois aucun «projet spécial» digne de retenir son attention.

À l'évêché, l'appel du curé Gendron était mal tombé. On était en pleine préparation du budget annuel et le personnel était d'autant plus débordé qu'on était aux prises avec un ordinateur tout neuf que personne ne savait faire fonctionner. Seul Pierre Germain, que les tâches administratives rebutaient encore plus que les autres, avait tout son temps. L'évêque l'avait donc lancé sur cette affaire, en lui recommandant d'être prudent: «Tous ces faux miracles finissent par nous tourner en ridicule après avoir soulevé des espérances trop grandes chez les naïfs. Essayez donc de tirer celui-là au clair avant qu'on ne nous accuse d'exploiter la crédulité des fidèles.»

Pierre Germain avait pris cela pour un ordre de démasquer les fraudeurs ou les illuminés et, en attendant, d'étouffer l'affaire de son mieux.

Il était parti pour Notre-Dame-des-Roses avec une voiture louée, une carte de crédit de l'évêché et l'enthousiasme d'un exorciste à la poursuite de son premier démon.

Le curé Gendron lui fit d'abord visiter le parc. Pierre Germain examina la statue, n'y vit rien de particulier. Il s'approcha ensuite des quatre caméramans amateurs qui restaient là, leur appareil braqué sur le derrière de la statue dans l'espoir de filmer pour la postérité la face cachée de la mère de Dieu. Il leur intima l'ordre de s'en aller — on était ici sur le terrain de l'église et leurs appareils violaient le caractère sacré de ces lieux.

Il s'adressa ensuite à l'officier qui commandait le demi-peloton de la Sûreté du Québec arrivé le matin même pour assurer une surveillance discrète quoique parfaitement visible :

— Je m'appelle Pierre Germain, et je suis l'envoyé spécial de l'évêché. Nous apprécions beaucoup la surveillance de vos hommes. Mais ne pourrait-elle pas se faire d'un peu plus loin ?

— Je croyais pourtant... marmonna le lieutenant Portelance qui imaginait que l'évêché aurait au contraire pu souhaiter une manifestation plus évidente des forces de l'ordre.

— Vous pourriez, coupa Pierre Germain, vous installer à proximité — à l'hôtel, peut-être — et nous vous téléphonerons quand nous aurons besoin de vous.

— Comme vous voudrez.

Le curé Gendron ne put qu'admirer la célérité avec laquelle l'abbé Germain avait vidé la place. Il lui indiqua que Floralie Lahaise logeait chez sa mère, au Dépanneur Claudette. Pierre Germain regretta une fois de plus cette malheureuse juxtaposition du vocable noble et mâle de dépanneur et d'un prénom féminin d'une si désolante banalité. Il se proposa de passer plus tard à ce commerce voir la jeune fille dont monsieur Gendron avait, charitablement, négligé de lui répéter tout le mal qu'on en disait au village.

Pour ce qui est d'Agaric Meunier, il pourrait sûrement le voir à la salle à manger de l'hôtel Médaille de bronze.

Pierre Germain alla aussitôt s'installer à l'hôtel. Gilbert Landreville faillit lui refuser une chambre parce qu'il ne désirait pas la pension complète. Mais comme le client promettait de rester plusieurs jours, l'hôtelier se laissa convaincre de le laisser occuper sa plus vilaine chambre, la seule qui lui restait.

Elle était petite, mal meublée, avec un téléviseur couleur dont on aurait juré qu'il datait de bien avant l'invention de la télévision couleur. La pièce convenait davantage aux amours illicites qu'à un envoyé spécial de l'évêché. Mais Pierre Germain dut s'en contenter.

À midi, il descendit déjeuner et se réjouit de ne pas avoir accepté la pension complète que le patron de l'établissement lui avait proposée. Le plat du jour des pensionnaires était un pâté au saumon, sans doute un mélange de beaucoup de purée de pommes de terre — probablement faite de flocons insipides, banalement dits «instantanés» alors que le joli qualificatif «solubles» aurait été tout à fait approprié — et d'un soupçon de saumon en conserve.

Il prit plutôt le cocktail de crevettes de Matane (en se promettant de suggérer l'orthographe «coquetel» au propriétaire de l'établissement) et l'aiglefin sauce hollandaise (qui aurait été infiniment plus élégant épelé «églefin»).

Ces plats étaient médiocres, mais avaient la vertu de coûter assez cher pour ne pas déshonorer un envoyé spécial de l'évêché. Pendant qu'il mangeait, Pierre Germain observa un vieil homme à lunettes, l'air grincheux, qui lisait *Le Soleil* avec une mauvaise humeur manifeste, comme si chaque page avait été couverte d'insultes à son endroit.

— Il ne semble pas bien commode, notre homme, songea Pierre Germain qui crut qu'il s'agissait d'Agaric Meunier.

Celui-ci était présent, mais à une autre table. Il était entré tout doucement, s'était assis tranquillement et avait mangé sans hâte. Si Pierre Germain l'avait remarqué, il n'aurait jamais imaginé ce vieillard serein capable d'inventer une apparition de la Sainte Vierge montrant ce qu'un personnage de Louis Fréchette appelait avec finesse «la dix-septième lettre de l'alphabet».

Une fois son repas terminé, Pierre Germain s'approcha de la table de l'homme au *Soleil*.

— Je suis l'envoyé spécial de l'évêché, dit-il.

— Je m'en sacre, répondit l'autre sans lever l'œil de sa lecture et en postillonnant généreusement dans le journal.

Pierre Germain, gêné, s'éloigna.

*   *   *

Revenu à sa chambre, Martial Bergevin s'installa au téléphone. Il parla au producteur de *Dix-huit heures pile* et plaida vivement pour qu'il lui envoie un caméraman dans les plus brefs délais. On avait manqué une belle bagarre et il risquait d'y en avoir d'autres, plus spectaculaires, peut-être même sanglantes. Il obtint de rester quelques jours encore à Notre-Dame-des-Roses, mais on lui refusa encore le caméraman.

— Je peux toujours demander à Rimouski s'ils auraient pas quelqu'un qui a rien à faire, mais ça m'étonnerait, finit par suggérer le producteur.

— C'est pas nécessaire.

Martial Bergevin savait que si on lui envoyait un caméraman de Rimouski, cela transformerait son miracle en nouvelle régionale. Et l'information régionale ne l'intéressait plus depuis qu'il avait quitté Saint-Jérôme.

Sa seule chance : que d'ici un jour ou deux la bagarre prenne de l'ampleur. Un mort ou deux, et il l'aurait, son caméraman.

Il quitta l'hôtel en même temps qu'un personnage aux allures précieuses, vêtu d'un complet sombre.

Ils marchèrent côte à côte, du même pas, vers le centre du village et entrèrent l'un derrière l'autre dans la boutique du Dépanneur Claudette. Martial Bergevin commanda un tube de dentifrice. Pierre Germain demanda, de sa belle voix à la diction impeccable :

— Est-ce que mademoiselle Lahaise, Floralie Lahaise, est ici?

— Non, répondit laconiquement Claudette Lahaise, comme chaque fois qu'un homme se présentait chez elle à la recherche de sa fille.

— Vous l'attendez bientôt, sans doute? demanda encore l'homme en costume sombre.

La femme se contenta de hausser les épaules.

Les deux hommes ressortirent. Pendant que Martial Bergevin achetait son dentifrice, Pierre Germain avait reconnu le journaliste. Il se mit à craindre de passer pour un galant à la recherche d'une jeune fille, ce qui n'avait pourtant pas effleuré l'esprit de Martial Bergevin car Pierre Germain n'avait pas du tout une tête de galant. Comme ils se dirigeaient tous deux vers le presbytère, l'ecclésiastique se sentit obligé de préciser :

— Je m'appelle Pierre Germain et je suis l'envoyé spécial de l'évêché.

— Martial Bergevin, Radio-Canada.

— Je sais.

Sans se serrer la main, ils allèrent s'asseoir sur le banc préféré d'Agaric Meunier.

— Vous y croyez, vous, à ce miracle? demanda le reporter en se proposant d'interviewer ce représentant de l'autorité ecclésiastique si jamais on daignait lui envoyer un caméraman.

— Ni moi ni l'évêque n'y croyons d'aucune manière. Je suis plutôt ici pour démasquer les farceurs.

— C'est ce que je cherche à faire, moi aussi.

— Je suis ravi que nous soyons du même bord.

— Moi aussi, confirma Martial Bergevin.

En fait, ils ne l'étaient pas du tout. L'un croyait que son retour éventuel à Montréal dépendait du doigté avec lequel il saurait étouffer cette affaire. L'autre rêvait de lancer sa carrière en rendant ce faux miracle célèbre aux quatre coins du monde.

*   *   *

À quinze heures trente, une camionnette bleue de Radio-Canada tourna le coin du presbytère et s'avança sans vergogne sur la pelouse du parc Notre-Dame-des-Roses.

Elle s'arrêta juste derrière le banc sur lequel Pierre Germain et Martial Bergevin étaient assis. Il en descendit une jeune femme blonde comme les blés, vêtue d'un costume de toile bleu délavé.

— Martial Bergevin, c'est toi? demanda-t-elle.

— Oui.

— Jacqueline Langlais, caméraman. Mais tout le monde m'appelle Coco. Je viens de Rimouski.

Elle lui serra la main comme un homme, était habillée comme un homme, parlait d'une rugueuse voix d'homme et avait fait exprès de choisir un métier d'homme — la preuve, c'est qu'on disait «caméraman ». En fait, si ce n'avait été de sa longue chevelure réunie en queue de cheval et de sa poitrine généreuse qui gardait entrouverts les pans de sa veste, on l'aurait prise pour un homme. Peut-être cela explique-t-il que Pierre Germain fut saisi, pour la première fois de sa vie, d'un percutant coup de foudre.

La camérawoman entreprit aussitôt de s'installer, sortant de sa camionnette un énorme trépied et une grosse caméra comme on n'en voyait plus depuis longtemps à Montréal, où la mode était plutôt aux caméras ultralégères.

— Où je me mets ? demanda-t-elle.

— Juste ici, ordonna Martial Bergevin.

En plaçant la caméra derrière le banc du centre, mais un peu vers la droite, on aurait une vue tout à fait directe de l'arrière-train de la Sainte Vierge, et on pourrait aussi réaliser aisément des gros plans (de la nuque et de trois quarts arrière, mais mieux vaut un gros plan de nuque qu'un plan éloigné de visage) des principaux spectateurs, assis sur ce banc.

— Je regrette, madame, mais il n'est pas question de placer là votre appareil, protesta Pierre Germain après un instant d'hésitation causé par le coup de foudre qu'il venait de subir mais qui ne parvenait pas tout à fait à lui faire oublier ses obligations professionnelles.

— Pourquoi pas là ?

— Parce que ce n'est pas un endroit convenable.

— Écoutez, intervint Martial Bergevin, la meilleure façon de prouver qu'il n'y a pas de miracle ici, c'est un enregistrement vidéo réalisé avec une caméra professionnelle. Et une caméra de Radio-Canada, il n'y a rien de plus crédible que cela. C'est presque aussi infaillible que le pape.

Pierre Germain réfléchit un instant. Effectivement, la caméra de Radio-Canada était le meilleur moyen de prouver qu'il ne se passait rien. Par contre, s'il se passait quelque chose, ce serait aussi le meilleur moyen de diffuser cette chose à des millions de téléspectateurs. Mais il ne se passerait rien, cela était on ne peut plus sûr.

— Bon, d'accord. Mais je ne veux voir aucun autre journaliste que vous deux. Ce n'est pas un cirque, ici.

— Comme vous voudrez, fit Martial Bergevin, ravi de se voir accorder une exclusivité qu'il n'aurait pas osé demander.

Coco Langlais plaça sa caméra, cadra pas trop serré de façon à montrer en entier l'arrière de la statue. Elle invita l'envoyé spécial de l'évêché à jeter un coup d'œil dans l'objectif, ce que Pierre Germain accepta sans se faire prier. Elle lui mit la main sur l'épaule pendant qu'il se penchait sur l'appareil, et cela le troubla. Il fit un effort pour se concentrer sur ce qu'il voyait et non sur cette main posée sur son corps. Et il reconnut que le cadrage était honnête, pas trop centré sur la croupe de la statue.

Il se redressa.

— Cela me conviendrait mieux si vous cadriez un peu moins serré sur le... sur le centre du sujet.

— Vos désirs sont des ordres, dit Coco Langlais en se penchant de nouveau sur l'objectif pour cadrer plus serré.

*   *   *

À quinze heures, un autocar rempli de Pèlerins de Saint-Joseph était arrivé de Québec.

À quinze heures trente, les curieux attirés par la perspective d'une nouvelle bagarre étaient si nombreux que

Pierre Germain téléphona au lieutenant Portelance pour lui demander de faire évacuer le parc Notre-Dame-des-Roses et de ne laisser passer que Floralie Lahaise et Agaric Meunier. Les seuls journalistes autorisés étaient Martial Bergevin et Jacqueline Langlais.

La police vida rapidement la place. Les Pèlerins de Saint-Joseph s'installèrent de l'autre côté de la route 132 et entreprirent de chanter tout leur répertoire d'hymnes mariales, ce qui eut pour principal effet de tendre encore plus les nerfs de Pierre Germain.

À quinze heures cinquante-cinq, Floralie Lahaise arriva avec une demi-douzaine de ses amis, à qui la police refusa le passage.

— Il y en a qui sont venus de Québec puis de Montréal, protesta-t-elle.

L'agent qui l'écoutait était natif de Sainte-Flavie et avait suivi un cours de quatre heures de sensibilisation au tourisme. Pour lui, toute personne qui venait d'ailleurs était un facteur d'enrichissement collectif économique, social et culturel.

Mais il eut beau tenter de faire valoir ce point de vue au lieutenant Portelance, celui-ci ne voulut rien entendre.

— Si l'évêché me dit juste la petite et le vieux, ça va être juste la petite et le vieux.

Floralie Lahaise lui tira la langue, et alla s'asseoir seule sur le banc habituel.

Deux minutes plus tard, monsieur Gauthier, qui avait lu ce matin-là un court entrefilet dans *Le Soleil* au sujet du «prétendu miracle de Notre-Dame-des-Roses», s'approcha, son journal sous le bras, pour voir de quoi il retournait. Il était rare qu'on parle de son village dans son journal, et il avait résolu d'aller voir ça de ses propres yeux, histoire de comparer les élucubrations des journalistes et la vérité véritable.

Les policiers lui barrèrent le chemin, mais Pierre Germain l'aperçut et accourut.

— Laissez-le passer, voyons! s'indigna-t-il.

Il entraîna monsieur Gauthier par le bras, le fit s'asseoir à côté de Floralie Lahaise, qui renifla trois fois avant de constater que ce vieux-là dégageait une odeur de vieux journaux imbibés d'urine — ce qui était rigoureusement exact, car il utilisait *Le Soleil* de la veille dans son pantalon pour limiter les effets de son incontinence tout en manifestant secrètement son mépris envers les médias.

À seize heures précises, Agaric Meunier tourna le coin du presbytère. Les agents le reconnurent et le laissèrent passer.

Il vint s'asseoir entre Floralie Lahaise et monsieur Gauthier, qu'il salua tous les deux d'un petit coup de chapeau et d'un balancement de pipe.

— Qui est-ce? demanda Pierre Germain à Martial Bergevin.

— Lui? C'est Agaric Meunier.

— Ah? Et l'autre vieux?

— Pas la moindre idée. Je croyais que vous le connaissiez?

— C'est à dire que... oui, je le connais un peu.

Martial Bergevin attendit plus de précisions. Mais Pierre Germain ne parvint pas à en inventer.

Ils restèrent là sans rien dire pendant une demi-heure, jusqu'au moment où Agaric Meunier déclara, en crachant un filet de jus de pipe:

— Si vous voulez mon avis, elle bougera pas aujourd'hui.

Les autres attendirent qu'il précise pourquoi.

— Pourquoi? demanda Martial Bergevin lorsqu'il constata que le vieux ne donnerait pas d'explication sans qu'on lui en demande.

— La police, c'est comme la télévision, ça fait peur aux miracles, déclara Agaric Meunier qui commençait à s'impatienter parce qu'on ne lui demandait pas d'explication.

— Et pourquoi? s'enquit Pierre Germain, qui sentait que c'était à lui et non au journaliste de prendre l'initiative de l'interrogatoire.

Agaric Meunier sembla réfléchir quelques instants, puis déclara:

— La télévision, ça vaut pas grand-chose. Puis la police non plus.

*   *   *

À dix-huit heures, Agaric Meunier mit sa pipe dans sa poche et se leva.

— Je vous l'avais dit, murmura-t-il.

— Cher monsieur, intervint Pierre Germain, j'aimerais bien vous interroger plus longuement au presbytère.

— Je parle pas à la télévision, protesta Agaric Meunier tandis que Floralie Lahaise s'apprêtait à dire qu'elle voulait bien parce qu'elle n'était jamais entrée dans le presbytère.

— Vous vous méprenez, monsieur Meunier, expliqua Pierre Germain de sa voix la plus onctueuse. Je suis l'envoyé spécial de l'évêché, et vous comprendrez que l'Église...

— Vous êtes un prêtre? demanda Agaric Meunier.

— Oui, je m'appelle Pierre Germain et je suis prêtre, en effet.

Agaric Meunier le considéra longuement, notant l'absence de col romain et de soutane. Pierre Germain craignit que le vieil homme ne lui demande s'il avait honte de son état ecclésiastique. Mais Agaric Meunier ne dit que :

— Allons-y. Puis faisons ça vite, parce que madame Landreville aime pas ça quand j'arrive souper après six heures et quart.

Ils se dirigèrent vers le presbytère, suivis de monsieur Gauthier, qui avait cru que l'invitation s'adressait aussi à lui et qui était prêt à expliquer longuement qu'il n'avait absolument rien vu.

— Oh, mon cher monsieur, s'excusa Pierre Germain, il n'est pas nécessaire que vous veniez avec nous.

— J'aime mieux ça, dit monsieur Gauthier sur le ton du courroux le plus légitime.

*　　*　　*

Au presbytère, Pierre Germain s'efforça d'interroger consciencieusement les deux témoins du miracle.

Il ne tira rien d'eux qu'il n'ait déjà su. Agaric Meunier était d'un laconisme exemplaire, et le petit magnétophone que Pierre Germain avait posé devant lui n'enregistra que quelques grognements. Floralie Lahaise fit beaucoup de gestes, et l'envoyé spécial de l'évêché eut droit par deux fois à son imitation parfaitement réussie de la Sainte Vierge qui faisait « comme ça ».

En réalité, l'interrogatoire d'une demi-heure ne donna qu'une bande sur laquelle des questions incohérentes entraînaient des silences pénibles et des réponses désordonnées.

Pierre Germain se réjouit de ne pas avoir invité Martial Bergevin à se joindre à eux. Il sentait maintenant à quel point il était peu doué pour les interrogatoires. Et il était content de n'avoir eu pour témoins que ces deux êtres évidemment incapables de s'en rendre compte.

* * *

Au Panaméricain, Martial Bergevin dut faire face à ses collègues, furieux qu'on leur ait refusé l'accès au parc Notre-Dame-des-Roses, alors que lui avait même eu droit à un caméraman.

Il eut beau faire valoir que le statut de société d'État de Radio-Canada lui valait certains privilèges et que l'Église avait parfaitement le droit de contrôler l'accès à son territoire, il ne réussit à faire taire ses concurrents qu'après leur avoir offert trois tournées et promis de les mettre au courant de tout ce qu'il apprendrait, bien qu'il ne se soit rien passé récemment, à part le fait que l'évêché avait délégué un envoyé spécial, un nommé Pierre Germain, qui semblait être un type très bien, même si c'était lui qui restreignait l'accès des lieux aux seuls représentants de Radio-Canada.

— Pas le Pierre Germain qui était à la Régie de la langue française ? demanda René Martel, correspondant de la Presse canadienne et vieux routier du journalisme.

— Je lui ai pas demandé son CV.

— Si c'est lui, on va rire. Le père du dépanneur!

Gêné de son ignorance, Martial Bergevin ne demanda pas de précisions. Il se savait jeune et nouveau dans le métier, mais il détestait l'avouer. Il comprit néanmoins, après quelques autres boutades de ses collègues, qu'il avait fait une alliance avec un incompétent notoire, dans tous les secteurs d'activité où il avait eu l'occasion de se manifester.

*   *   *

À dix-huit heures trente-cinq, Agaric Meunier fut aperçu traversant le hall de l'hôtel en direction de la salle à manger. Les journalistes l'assaillirent de questions auxquelles il ne réagit que par des grognements évasifs. Monsieur Gauthier, qui sortait de la salle à manger, crut bon de dire, d'un ton agressif :

— J'y étais, moi aussi.

Aussitôt, les journalistes abandonnèrent Agaric Meunier qui put enfin s'asseoir à sa table où on lui servit un six-pâtes plutôt réussi.

Mais ils eurent tôt fait de découvrir que monsieur Gauthier ne savait rien et n'avait rien vu. Voyant que les journalistes se désintéressaient de lui, celui-ci décida d'écrire au *Soleil* une longue lettre relatant son expérience et protestant contre l'indifférence de ces jeunes journalistes blasés qui ne pratiquent plus leur métier comme un sacerdoce, mais plutôt comme une ennuyeuse corvée.

*   *   *

Martial Bergevin dîna avec sa nouvelle collaboratrice. Ils prirent le six-pâtes, qu'ils trouvèrent lourd mais savoureux. Coco Langlais avait une affectation d'une durée indéterminée. Et Martial Bergevin crut comprendre qu'il pourrait compter sur ses services tant qu'il en aurait besoin. Et il en soupçonna la raison lorsqu'elle lui dit qu'à Rimouski les femmes étaient plus jalouses que nulle part ailleurs, surtout les épouses des employés de Radio-Canada.

Après la tarte au sucre, ils s'offrirent un Grand Marnier. Coco Langlais en prit deux.

— Vous avez un *per diem*, vous autres? demanda-t-elle.

— Oui. Pas vous?

— Seulement quand on est à plus de cent kilomètres de Rimouski. Ici, on est à quatre-vingt-sept.

Martial Bergevin se sentit obligé de régler l'addition.

— Tu as une chambre ici? lui demanda-t-il.

— Merde, j'ai oublié!

À la réception de l'hôtel, Gilbert Landreville leur exprima à regret qu'il ne lui restait plus une seule chambre.

— Avec les journalistes, la police, les envoyés de l'évêque, il me reste plus rien.

— Je vais dormir dans la camionnette, résolut Coco Langlais. Comme ça, je pourrai surveiller mon équipement.

Ils retournèrent prendre un verre au Panaméricain.

— Tu as deux lits, dans ta chambre? demanda Coco Langlais après un second deuxième Grand Marnier.

— Non, un seul.

— Double?

— Oui.

— Ça ira.

Dans le hall, elle attendit que Gilbert Landreville s'éloigne aux toilettes pour monter en catimini avec Martial Bergevin.

— S'il me voit monter avec toi, il va te faire payer pour deux, chuchota-t-elle. C'est toujours comme ça dans les hôtels de campagne.

Dans la chambre, elle se déshabilla, dévoilant un corps fort et solide, des seins plutôt volumineux mais d'une fermeté évidente.

— Tu me demandes un numéro de téléphone?

Vêtu de son slip, Martial Bergevin sortit de la salle de bains où il se déshabillait, prit le téléphone et demanda à Gilbert Landreville de lui composer le numéro que Coco Langlais lui dicta.

Dans la demi-heure qui suivit, alors qu'il s'efforçait de prendre quelques notes assis à la petite table devant la fenêtre, il eut droit à la moitié d'une conversation qui détruisit toutes ses tentatives de concentration.

Cela passait de la minauderie d'adolescente («Mon pitou, oublie pas de prendre tes pilules, sinon tu vas mal dormir, puis je serai pas là pour te consoler») à la pornotéléphonie la plus débridée («C'est de valeur que tu sois pas capable de m'envoyer ta grosse affaire au téléphone; attends, je vas essayer quelque chose»). Le téléphone disparaissait sous les draps et Coco Langlais émettait des grognements lascifs avant de reprendre: «As-tu entendu? Quel bruit ça faisait? Oui? Veux-tu que je recommence? Mais toi, qu'est-ce que je pourrais faire que j'entendrais?»

*　　*　　*

Pierre Germain s'était cru obligé d'accepter l'invitation à souper que le curé Gendron s'était cru obligé de lui faire. La cuisine n'était pas mauvaise du tout, nettement meilleure que celle de l'hôtel. Et il s'était mis à envier la vie de ce curé de campagne. Il était bien logé, bien nourri par une ménagère qui lui préparait ses repas sur demande. Il conduisait une grosse Buick noire un peu rouillée, mais encore très confortable. Et il disposait d'une véranda fort agréable, avec panorama sur le fleuve, où ils prirent le café.

L'envoyé spécial de l'évêché accepta de déménager au presbytère, sans sentir que le curé ne faisait cette invitation que parce qu'il s'y sentait forcé. Il essaya ensuite de téléphoner à Martial Bergevin, mais la ligne était toujours occupée.

Pendant le souper, le journaliste de la Presse canadienne était venu au presbytère pour protester contre l'exclusivité accordée à Radio-Canada, à l'encontre des règles les plus élémentaires de la déontologie journalistique. Il représentait lui aussi un organisme national. Ses dépêches étaient susceptibles d'être publiées dans tous les quotidiens du pays et même à l'étranger pour ainsi atteindre beaucoup plus de lecteurs que Radio-Canada n'aurait jamais de téléspectateurs. Il était donc impératif qu'il ait lui aussi accès au parc Notre-Dame-des-Roses.

Pierre Germain s'était contenté de dire qu'il allait y réfléchir. En toute honnêteté, il préférait prévenir Martial Bergevin, qui accepterait peut-être qu'un autre journaliste soit sur place malgré sa promesse, et alors tout le monde serait content.

Incapable d'obtenir la ligne du journaliste de Radio-Canada, il résolut de se rendre à l'hôtel pour reprendre sa valise, pour parler à Martial Bergevin, et peut-être aussi, avec un peu de chance, pour revoir Jacqueline Langlais.

À la réception de l'hôtel, Gilbert Landreville lui apprit que la ligne était encore occupée. Comme l'envoyé spécial de l'évêché avait l'air impatient, il lui suggéra de monter à la chambre seize.

Pierre Germain frappa à la porte trois petits coups discrets.

— Entrez! cria Coco Langlais comme s'il s'était agi de sa chambre à elle.

Pierre Germain entrouvrit la porte. Il vit Coco Langlais nue au lit et Martial Bergevin assis en petite tenue devant la fenêtre, et referma la porte aussitôt.

— Qui c'était? demanda Martial Bergevin qui n'avait pas eu le temps de se retourner.

— Le grand brun.

— Le type de l'évêché? Quelle tête il a faite?

— Il avait pas l'air de bonne humeur.

Elle reprit sa conversation téléphonique («Non, tu fais pas ça? T'as juste à te dire que c'est ma bouche...») et Martial Bergevin s'efforça en vain de se concentrer sur ses notes.

Pierre Germain se dirigea vers sa chambre, au même étage. Sa décision était prise: demain, tous les journalistes auraient accès au parc Notre-Dame-des-Roses. Tant pis pour le petit morveux de Radio-Canada et sa putain de camérawoman.

*   *   *

Floralie Lahaise attendit l'appel de Martial Bergevin. Il lui avait promis une interview dès qu'il aurait un caméraman. Maintenant qu'il en avait un, elle s'attendait à être interviewée l'après-midi même. Elle regrettait maintenant d'avoir accepté de rencontrer l'homme en noir au presbytère. C'était sûrement cela qui avait empêché le reporter de lui parler. Mais qu'est-ce qui l'empêchait, maintenant, de passer la voir ou de lui téléphoner pour prendre rendez-vous ? La veille, l'interview semblait si urgente…

À vingt-deux heures trente, elle n'y tint plus. C'était la première fois qu'elle couchait avec un journaliste de la télévision et, même s'il manquait manifestement d'expérience, elle n'avait pas envie de le lâcher si vite.

À l'hôtel, elle arriva alors que Gilbert Landreville était au bar pour offrir une tournée aux journalistes et leur demander discrètement de citer le nom de l'hôtel dans leur article, en expliquant pourquoi son établissement portait ce nom inattendu.

— J'aurais pu l'appeler Médaille d'or, ça aurait fait plus chic. Mais que voulez-vous, la vérité, vous connaissez ça, vous autres, y a rien comme la vérité.

Floralie Lahaise monta sans être vue et frappa à la porte de la chambre seize. Une voix cria « entrez » tandis qu'une autre chuchotait « chut ».

Elle poussa la porte, tourna l'interrupteur pour faire de la lumière. Le petit journaliste était au lit avec sa camérawoman. Floralie Lahaise en resta bouche bée, le temps de tout comprendre : la grande blonde était sa maîtresse.

Elle eut envie de crier : « C'est avec moi qu'il a couché, hier soir ! » Mais elle se contenta de refermer la porte et s'enfuit.

— Qui c'était ? demanda Martial Bergevin en se levant pour éteindre la lumière et mettre la chaîne sur la porte.

— La petite.

— La petite Lahaise ?

— Oui, la punk.

— C'est pas vrai? Vas-tu cesser de dire à tout le monde d'entrer? C'est ma chambre. Demain, tu t'en trouves une ou tu dors dans ton camion.

Il fut saisi d'une forte érection dès qu'il se coucha de nouveau, dans le noir, près du corps tout chaud de Coco Langlais. Il fut tenté de retirer sa menace. Il se tourna plutôt de l'autre côté et garda son érection pour lui.

LE SOUVERAIN PONTIFE avait un problème suprêmement embarrassant. Pour la plupart des mortels, ç'aurait été au pire une courte crise de conscience et au mieux un enivrant sentiment de libération permanente. Mais perdre la foi avait été, on le comprend aisément, un véritable tourment pour le pape.

Cela lui était arrivé avant son accession au trône de saint Pierre, quoique à un âge assez tardif. Étonnamment, c'est cela même qui lui avait valu son élection. Doutant de l'existence de Dieu, il avait, au cours du conclave, adopté une attitude réservée, de façon à ne pas attirer sur lui l'attention des autres cardinaux. Et c'est justement ce comportement d'une humilité exemplaire que la plupart de ses collègues avaient pris pour un signe de désintéressement et de sainteté.

Élu au septième tour, il avait accepté ses nouvelles fonctions avec résignation. En étudiant la vie de ses prédécesseurs, il avait soupçonné un grand nombre d'entre eux d'avoir eu, eux aussi, de forts doutes sur l'existence d'un Être suprême. Il s'efforça toutefois d'adopter une conduite plus digne et moins dissolue que la leur.

Rapidement lassé d'attendre une inspiration divine qui ne se manifestait jamais, il lui sembla tout naturel de confier au hasard ses décisions les plus importantes. C'est ainsi qu'il tira à pile ou face le choix de deux de ses prises de position les plus controversées — sur l'avortement et sur l'accès des femmes à la prêtrise.

Il avait ensuite tenté de faire porter le gros de ses efforts sur des œuvres qu'il estimait plus philanthropiques que théologiques, pour lesquelles sa foi vacillante serait moins problématique. Mais sa principale cause, la paix, lui avait prouvé une fois de plus l'inexistence de Dieu ou sa totale inefficacité, ce qui revenait au même : c'étaient des athées comme le secrétaire du Parti communiste de l'Union des républiques socialistes soviétiques ou des protestants comme le président des États-Unis d'Amérique qui avaient accompli les premiers progrès réels en ce sens, le laissant — lui, l'homme en blanc de la paix — plus que jamais persuadé de son inéluctable futilité. Quant à sa lutte contre la faim dans le tiers-monde, elle s'était révélée si infructueuse que le seul Dieu imaginable ne pouvait être qu'un sadique éhonté prêt à toutes les bassesses pour attirer le plus rapidement possible les âmes en son paradis.

Agnostique, le souverain pontife devint aussi alcoolique — quoiqu'il ait eu dès son enfance une forte tendance à apprécier les fonds de burettes quand ce n'étaient pas les fonds de bouteilles de vin de messe.

Trois de ses secrétaires étaient depuis quelques années individuellement et séparément chargés — sous le sceau du secret — de l'approvisionner en vins et spiritueux divers (le pape avait un faible pour la vodka, qu'il lui était possible de consommer même en audience, en se la faisant servir d'une carafe apparemment remplie d'eau). Et il conservait sous clé, dans le plus grand placard de ses appartements du Vatican, une collection fort impressionnante de bouteilles vides dont il se demandait avec un mélange d'inquiétude et d'hilarité ce qu'on penserait de lui, à sa mort, lorsqu'on découvrirait la preuve de son éthylisme.

Ce matin-là, il avait un mal de bloc assez prononcé, résultat d'une bouteille de bon cognac, boisson qu'il se jura de ne plus jamais commander maintenant que la bouteille entamée la veille était vide. Le secrétaire chargé de dépouiller le courrier du matin déposa sur son bureau une épaisse liasse de demandes fastidieuses et d'informations sans intérêt. Le souverain pontife donnait parfois un ordre bref ou notait en marge «oui» ou «non» ou encore «s.c.» ou «c.f.», selon que le cas relevait directement de son autorité ou devait être référé au Sacré Collège ou à la Congrégation de la Foi. Un bélinogramme attira toutefois son attention. Monseigneur Boissonneault, de quelque part au Canada, lui envoyait un message au sujet d'une statue de la Sainte Vierge qui était censée montrer le bas de son dos. Il avait envoyé un émissaire avec ordre de calmer les passions des foules déchaînées ou perplexes. Mais il souhaitait de plus amples instructions.

Le pape sourit. Cette histoire de Sainte Vierge qui montrait son cul (le souverain pontife a parfaitement le droit d'utiliser des gros mots lorsque personne ne le sait) lui rappelait une vieille histoire qu'il avait pratiquement oubliée.

Lorsqu'il était enfant et servait la messe d'un père capucin, celui-ci s'était soudain élevé au-dessus du sol, pour se stabiliser à plus d'un mètre de hauteur. Le capucin était resté là deux bonnes minutes, à continuer de marmonner sa messe, tandis que l'enfant de chœur, bouche ouverte, en oubliait ses réponses.

Soixante ans après cet événement, le pape était prêt à reconnaître que cette vision pouvait être le résultat d'une absorption trop précoce d'une trop grande quantité de vin de messe. D'autant plus que le capucin était décédé sans que quiconque ait jamais révélé d'autres miracles de sa part.

Mais cette Sainte Vierge qui montrait ses fesses lui rappelait un détail de la lévitation du capucin. Lorsque celui-ci s'était immobilisé au-dessus du sol, le futur pape avait levé les yeux et aperçu, sous la bure écartée par un courant d'air ascendant, deux testicules et un pénis embroussaillés dans un amas de poils noirs. C'était la seule chose qui le poussait maintenant, soixante ans plus tard, à croire qu'il avait été le témoin peut-être pas d'un miracle, mais à tout le moins d'un phénomène extraordinaire, car il n'avait alors jamais vu d'homme nu et n'avait aucune raison d'imaginer qu'un pénis d'adulte soit ainsi et si poilu.

Il regarda le tableau de Fra Angelico qui ornait le mur en face de lui. Il représentait la naissance du Christ. Pas de miracle là-dedans: un enfant était né, nu et glabre comme il en était né des milliards. Mais une statue qui montre son cul ou un capucin qui montre ses couilles en ayant les pieds à la hauteur du tabernacle, c'était une autre histoire. Il n'y avait plus rien à faire au sujet du capucin: il était mort. Mais si on pouvait lui apporter des preuves irréfutables qu'une statue de la Sainte Vierge bougeait d'une manière que ne pourraient inventer des dévotes en mal de publicité, le pape serait tout à fait disposé à croire de nouveau en Dieu.

Au lieu d'inscrire sur le télégramme les initiales «c.r.» qui auraient renvoyé l'affaire au cardinal Roncalli, spécialiste des miracles, il dit plutôt à son secrétaire:

— Donnez-moi donc notre nonce apostolique au Canada. J'aimerais lui parler de cette affaire de Sainte Vierge indécente.

Le secrétaire le regarda avec étonnement, mais chercha docilement le numéro de la nonciature à Ottawa.

— C'est monseigneur Silvestro Sapura.

Le pape sourit. C'était lui qui avait proposé d'envoyer dans un pays où on parlait français un nonce affublé d'un nom pareil. Cela lui rappelait qu'il valait quand même mieux perdre la foi que le sens de l'humour.

— Comment s'appellent-ils, déjà, ces policiers du Canada? demanda-t-il encore. Vous savez, les habits rouges avec le grand chapeau de cow-boy? Et à cheval? Il paraît qu'ils attrapent toujours leur homme.

— Votre Sainteté parle sans doute de la Police montée?

— Oui, c'est ça: la Police montée. J'espère qu'ils attrapent aussi toujours leur vierge.

Le secrétaire sourit finement en s'emparant du téléphone, comme si Sa Sainteté avait fait le plus subtil des jeux de mots.

*   *   *

Justin Demers fut introduit sans retard dans le bureau du directeur de la Gendarmerie royale. C'était la première fois qu'il rencontrait le grand patron. D'un signe, celui-ci le pria de s'asseoir.

— Vous êtes catholique romain? demanda-t-il en français avec un accent anglais à couper au couteau.

— Eh bien...

— Je sais que je n'ai aucun droit de vous poser cette question, poursuivit le grand patron en anglais au grand soulagement de tous les deux, mais dans ce cas-ci elle est cruciale, et j'apprécierais que vous y répondiez sans détour.

— Oui, je suis catholique, admit Justin Demers en rougissant de honte, convaincu que son avancement était irrémédiablement compromis.

— Pratiquant?

— Je vais à la messe du dimanche lorsque je suis avec ma femme et mes enfants, à Sainte-Famille-de-Dorchester.

— C'est parfait. Le nonce apostolique m'a téléphoné ce matin et il veut que nous enquêtions sur un prétendu miracle.

Il prit un feuillet posé devant lui.

— À Notre-Dame-des-Roses, quelque part au Québec, une statue de la Bienheureuse Vierge Marie montre, paraît-il, son extrémité arrière. Et le pape s'intéresse à l'affaire.

— Il veut qu'on trouve les fraudeurs?

— Non. Il a demandé au nonce de s'adresser à nous pour recueillir des preuves. Le nonce m'a nettement donné l'impression que le pape aimerait qu'on prouve que la Sainte Vierge montre vraiment son cul.

Justin Demers regarda son patron, cherchant à voir dans sa physionomie quelque signe d'amusement. Non: il était sérieux. Comme un pape.

— Il y a eu des manifestations là-bas au début de la semaine. Les services de sécurité aimeraient aussi savoir s'il n'y aurait pas là-dedans des éléments subversifs.

Justin Demers ferma les yeux avec résignation. Il n'aimait pas les manifestations. Une quinzaine d'années plus tôt, alors qu'il venait tout juste de sortir de l'école de police, on l'avait envoyé en civil s'immiscer dans une manifestation réclamant la francisation de l'Université McGill. Il s'était habillé de la façon la plus anonyme, lui semblait-il, avec un trench-coat parfaitement invisible. Mais des manifestants avaient vite repéré le seul et unique individu en trench-coat dans cette foule de dizaines de milliers de personnes. Autre circonstance incriminante : il avait les cheveux courts, à une époque où on les portait jusqu'aux épaules.

Les manifestants avaient fait cercle autour de lui et s'étaient mis à scander «niai-seux, niai-seux, niaiseux». Et il n'avait rien pu faire d'autre que de rester là, rouge comme sa tunique de parade, les mains dans les poches, jusqu'au moment où la manifestation dégénéra enfin en émeute et éloigna de sa petite personne l'attention de la foule.

Depuis, il n'avait pas changé sensiblement sa façon de se vêtir autrement qu'en fonction d'une mode traditionnelle qu'il suivait avec modération et avec trois ou quatre ans de retard. Et il portait une moustache gauloise, qu'il ne connaissait que par son nom anglais de *handlebar mustache*. Mais il fuyait les manifestations comme la peste.

— Pourquoi vous faut-il un catholique ? demanda-t-il en rouvrant les yeux.

Le patron se gratta le crâne, histoire de montrer qu'il préférait ne pas répondre. Mais comme Justin Demers gardait sur lui son regard interrogateur, il se sentit obligé d'offrir une explication.

— À mon avis, il n'est possible de trouver des preuves que des choses en lesquelles on croit. Et, si j'ai bien compris, le pape veut qu'on trouve des preuves de l'existence de ce miracle. Le nonce a utilisé les mots «des preuves irréfutables». Et j'ai eu l'impression qu'il tenait ces mots de la bouche même de Sa Sainteté — vous dites bien «Sa Sainteté» quand vous parlez du pape?

Justin Demers, qui ne se souvenait pas d'avoir parlé du pape et encore moins de l'avoir appelé «Sa Sainteté», hocha la tête de biais.

Le grand patron se tut, indiquant ainsi à son subordonné que l'heure n'était plus aux questions, mais à l'obéissance aveugle.

Cette fois, Justin Demers hocha alors la tête verticalement, en signe d'obéissance aveugle.

— Croyez-vous aux miracles? demanda encore le patron de but en blanc.

Son subordonné hésita, mais à peine.

— Je n'y croirai que le jour où j'en aurai la preuve irréfutable.

— Comme le pape, alors, dit le patron, enchanté de cette réponse.

Lui-même ne croyait pas aux miracles, et encore moins à la possibilité qu'il puisse exister des preuves irréfutables d'un miracle. Mais il était indispensable de confier cette enquête à quelqu'un qui croit au moins théoriquement pouvoir en trouver, sinon on aurait pu l'accuser de mauvaise foi, ce qui n'était guère indiqué face à une demande du pape des catholiques romains.

Justin Demers, croyant l'entretien terminé, se leva.

— Autre chose, dit encore le patron en prenant un air désolé. Il est bien entendu indispensable que personne ne puisse soupçonner que la Gendarmerie royale enquête à la demande du pape. Vous voyez d'ici la fureur des députés de l'opposition. La séparation de l'Église et de l'État, et toutes ces chinoiseries. C'est pourquoi vous venez officiellement d'être congédié, à cause de cette histoire de virus dans l'ordinateur du Parti québécois. Publiquement, c'est vous et vous seul qui en avez été coupable. Voici toutefois six mois de salaire, provenant des fonds secrets. Évidemment, dès que cette affaire sera réglée, vous serez réintégré dans vos fonctions, sans perte d'ancienneté. Ça vous va comme ça?

— Oui, fit le congédié qui sentit qu'il n'avait guère le choix.

Et il empocha l'épaisse enveloppe sans compter les billets.

*   *   *

Le curé Gendron, qui avait été très impressionné par la manière dont l'abbé Germain avait vidé le petit parc la veille, fut tout aussi étonné de revoir celui-ci envahi dès quinze heures le lendemain après-midi.

Tout ce que le village comptait de journalistes était rassemblé sur la pelouse. Pierre Germain, pour donner un semblant d'ordre à tout cela, avait commandé chez un traiteur de Rimouski trois douzaines de chaises qu'il avait fait placer en rangs serrés derrière le banc central. Coco Langlais avait protesté que cela risquait de bloquer le champ de la caméra si quelqu'un se levait. Mais le père du dépanneur, convaincu qu'il ne se passerait rien, avait rétorqué:

— Vous ne risquez rien, mademoiselle. Gardez l'œil dans votre objectif et tout se passera bien.

Elle crut sentir à son ton de voix encore plus d'agressivité que de paternalisme, et devina que cela tenait au fait qu'il l'avait surprise au lit avec Martial Bergevin. Elle eut envie de lui expliquer qu'il ne s'était rien passé entre eux, qu'elle était dans son lit parce qu'elle n'avait pas d'autre endroit où coucher. Mais le prêtre lui avait déjà tourné le dos. Elle lui tira la langue et poursuivit son installation.

Martial Bergevin arriva à quinze heures trente. Il s'étonna de voir ses concurrents sur place eux aussi. René Martel lui adressa un sourire narquois tandis qu'il allait trouver Pierre Germain.

— Je croyais que nous étions d'accord pour...

— L'évêché ne peut quand même pas donner à Radio-Canada le monopole de l'information, dit sèchement Pierre Germain. Estimez-vous heureux que votre caméra soit la seule autorisée.

Martial Bergevin haussa les épaules. Il savait que s'il n'y avait pas d'autres caméras, c'était simplement parce que les autres télévisions avaient jugé — peut-être avec sagesse — que ces faux miracles n'intéressaient plus personne.

*   *   *

À quinze heures cinquante, Floralie Lahaise et Agaric Meunier arrivèrent en même temps. Pierre Germain fit claquer ses mains et demanda à tout le monde de s'asseoir. Il manquait de chaises, le contrôle de police ayant été un peu confus. Plusieurs personnes non invitées, dont monsieur Gauthier, étaient parvenues à se faufiler.

Martial Bergevin dut s'asseoir par terre avec d'autres journalistes.

Pierre Germain se racla la gorge pour réclamer le silence.

— Mesdames et messieurs des médias, je suis ravi de vous voir si nombreux, bien que je craigne fort que ce ne soit en vain. Mais l'évêque de Rimouski m'a demandé de veiller personnellement à ce que vous puissiez faire triompher la vérité, quelle qu'elle soit. Jusqu'ici, deux personnes seulement — l'une fort jeune et l'autre présentant le défaut inverse — affirment avoir vu ce qu'elles affirment avoir vu. J'espère que nous pourrons aujourd'hui dissiper une fois pour toutes ce malentendu.

Floralie Lahaise fut flattée de l'allusion mais en voulut un peu à Pierre Germain de ne pas l'avoir mentionnée par son nom. Agaric Meunier fulminait derrière sa pipe : «Je vas lui en faire, moi, un défaut inverse !»

Assis dans l'herbe, un peu à l'écart, Martial Bergevin observa l'assistance. Cela ressemblait à une représentation de cinéma pendant la période héroïque des salles paroissiales, sauf qu'au lieu d'un curé en soutane derrière un projecteur, c'était une grande blonde à la poitrine abondante qui manœuvrait une caméra. La foule était assise bien sagement, comme si, maintenant que le présentateur avait fait ses observations, la projection allait commencer. Il y eut bien trois minutes de silence. Puis on se mit à parler à voix basse. Quelques rires fusèrent. René Martel sortit de son porte-documents une petite bouteille de cognac et des verres de plastique qu'il distribua à ses collègues les plus proches.

Vers dix-sept heures, Floralie Lahaise se mit à s'agiter sur sa chaise. Elle commençait à avoir une forte envie d'uriner. Elle avait fait semblant de ne pas avoir vu Martial Bergevin, qui lui avait pourtant adressé un petit geste d'amitié. Les toilettes les plus proches étaient au presbytère et, pour s'y rendre, elle devrait passer près du jeune journaliste, ce qui l'embêtait beaucoup. Mais la pression sur sa vessie se fit de plus en plus forte. N'y tenant plus, elle se leva. Tout le monde la regarda, comme s'il y avait du miracle dans l'air, puis regarda la statue, parce que c'était de ce côté-là que le miracle devait se produire si miracle il y avait. Floralie Lahaise chercha à improviser un signe pour dire «je m'en vas juste pisser», n'en trouva pas, se contenta de grimacer pour signifier son embarras et passa devant Martial Bergevin le plus majestueusement possible.

Celui-ci tenta, en montrant sa montre et en faisant de la main un geste circulaire, puis en pointant l'index alternativement vers elle et vers lui, de lui faire comprendre qu'il souhaitait la voir après la «représentation». Elle faillit hocher la tête, mais parvint à demeurer imperturbable. Elle venait tout juste de disparaître au coin du presbytère, lorsqu'une voix s'écria:

— Je l'ai vue!

L'assistance s'agita, se retourna dans tous les sens pour voir qui avait parlé.

— Qui a dit cela? demanda Pierre Germain.

— Moi, dit monsieur Gauthier en levant la main.

Pierre Germain s'approcha de lui.

— Vous en êtes sûr?

— Oui.

— Et qu'est-ce que vous avez vu?

— La statue.

— Oui, mais qu'est-ce qu'elle faisait, la statue?

— Elle a bougé.

— Mais comment a-t-elle bougé? demanda Pierre Germain que l'exaspération commençait à gagner.

— Elle s'est penchée en avant, très, très vite. Puis elle s'est redressée.

— Est-ce qu'elle a... montré quelque chose?

— Comme quoi?

— Je ne sais pas... son postérieur?

— Je ne pourrais pas le jurer. Peut-être que oui, peut-être que non. J'étais loin.

— Est-ce que quelqu'un d'autre a vu quelque chose? demanda Pierre Germain d'une voix plus forte.

Pas de réponse.

Martial Bergevin s'approcha d'Agaric Meunier au premier rang et lui glissa à l'oreille:

— Vous avez vu quelque chose?

— Y avait rien à voir.

Les journalistes avaient sorti leur carnet de notes et interrogeaient monsieur Gauthier, ravi de l'intérêt qu'on lui portait. On lui demandait son nom, son ancienne profession. (Il avait été propriétaire d'une petite librairie qui avait dû fermer ses portes quand la population de Notre-Dame-des-Roses avait commencé à décliner et que la télévision avait enlevé le goût de lire à des tas de gens que cela aurait pourtant pu rendre plus intelligents, leur raconta-t-il en postillonnant.)

Pierre Germain s'approcha de Coco Langlais et, feignant la plus grande froideur, lui demanda:

— Vous avez enregistré tout ce qui s'est passé?

— Je pense bien.

— Que voulez-vous dire, vous pensez bien?

— Je veux dire que si le matériel a bien fonctionné, si la bande n'a pas cassé et s'il n'y a pas eu de panne de batterie, je suis sûre d'avoir tout enregistré.

— On peut voir ça?

— Venez dans la camionnette.

Il y monta avec elle. Cette proximité lui fit oublier sa colère à son endroit. Martial Bergevin les suivit. Les autres journalistes s'installèrent derrière les fenêtres, en mettant leurs mains en œillères pour mieux voir. Coco Langlais mit le magnétoscope en marche arrière, puis en marche avant.

— Oh, oh, dit-elle.

— Comment, oh, oh?

— Regardez.

Elle passa la séquence pour la première fois à la vitesse normale. On voyait la statue, parfaitement immobile, puis une ombre passait devant la caméra et aussitôt après une voix s'écriait: «Je l'ai vue». Elle fit marche arrière, montra encore la scène, au ralenti cette fois.

— Quel est l'imbécile qui s'est levé? tempêta Pierre Germain.

— J'ai bien peur que ce soit vous, monsieur l'abbé, dit Coco Langlais. Regardez...

Un nouveau visionnement au ralenti permit de constater hors de tout doute que la silhouette noire qui bloquait la vue ressemblait tout à fait à celle de Pierre Germain.

— Je vous l'avais dit, fit la camérawoman.

Bleu de rage, Pierre Germain dit entre ses dents à Martial Bergevin:

— Si vous montrez quoi que ce soit de cette séquence à la télévision, vous ne mettrez plus jamais les pieds ici, ni vous ni personne de Radio-Canada. Jamais. Vous m'avez compris?

— Oui.

Martial Bergevin avait aussi compris qu'il n'y avait de toute façon rien à tirer de ces images où on ne voyait rien.

— Vous pouvez compter sur moi, ajouta-t-il.

Pierre Germain partit se réfugier au presbytère et croisa Floralie Lahaise qui descendait les marches de la galerie.

— Où étiez-vous passée, vous, quand on avait besoin de vous?

— On a plus le droit de pisser quand on a envie? rétorqua la jeune fille.

JUSTIN DEMERS prit deux scotchs dans l'avion d'Ottawa à Montréal. Cela suffit presque à le soulager du sentiment d'angoisse qui l'oppressait. De Dorval, il téléphona à sa femme.

— Qu'est-ce qui se passe? demanda-t-elle. Ça fait quatre journalistes qui ont téléphoné pour te parler.

— Qu'est-ce que tu leur as dit?

— Que je savais rien parce que je savais rien.

— C'est parfait. Ce qu'ils vont dire aux nouvelles, c'est faux. Je suis en mission spéciale secrète.

— Qu'est-ce que tu fais?

— Je peux pas te le dire, c'est une mission secrète.

— Ah bon.

Elle n'en demanda pas plus. Il lui promit de rappeler dès qu'il pourrait, mais que ça risquait de prendre quelques jours. Peut-être même quelques semaines.

— Dis aux enfants que je pense à eux, dit-il encore avant de raccrocher.

Dans l'avion pour Québec, un troisième scotch aidant, il ressentit pour la première fois de sa vie une impression de liberté. Aîné de cinq enfants d'une famille pauvre, il avait toujours été celui qui travaillait les week-ends pour aider les plus jeunes même si rien ne lui prouvait que ses gains n'allaient pas autant dans les provisions de bière paternelles que dans les fournitures scolaires fraternelles.

À dix-neuf ans, incapable de poursuivre ses études, il avait répondu à une annonce de recrutement de la Gendarmerie royale. Depuis, il avait été un policier, puis un père de famille, d'une correction exemplaire. Il avait bien trempé dans quelques actions illégales, d'abord dans la lutte au terrorisme des années soixante-dix, puis plus récemment dans cette histoire de virus implanté dans le système informatique du Parti québécois. Mais il obéissait alors aux ordres et tout cela lui semblait parfaitement moral.

Le quatrième scotch — il était agréable de pouvoir prendre un verre et même un verre de trop maintenant qu'il n'était plus en uniforme et que personne ne pouvait savoir qu'il était en service — lui rappela toutefois que sa mission secrète et spéciale était particulièrement délicate.

En fait, plus il y pensa, plus il trouva carrément impossible de la mener à bien. Il se souvenait vaguement d'un cours de religion, dans lequel un Frère des bonnes écoles avait expliqué que si Dieu avait voulu qu'il soit facile de croire en Lui, Il aurait écrit en plein ciel, dans chaque langue officielle au-dessus de chaque pays : « Dieu existe. » Mais Dieu avait, au contraire, voulu que nous ayons du mérite à croire en Lui. Il avait donc soigneusement caché toutes les preuves de Son existence.

Comment lui, Justin Demers, pouvait-il espérer trouver une preuve irréfutable de l'existence de Dieu ?

Il décida donc qu'il ferait le strict minimum pour accomplir sa mission, sans se casser la tête. Et il profite-

rait de son séjour à Notre-Dame-des-Roses pour prendre de véritables vacances — les premières depuis dix
ans — loin de ses enfants, de sa femme et de son patron.

Il était donc d'excellente humeur lorsqu'il monta
dans un taxi à L'Ancienne-Lorette et demanda au
chauffeur de le conduire à Notre-Dame-des-Roses.

— Sur la rive sud? demanda le chauffeur avec étonnement.

— Oui.

— Vous payez d'avance.

Justin Demers plongea la main dans sa poche, en
retira son rouleau de billets de banque et régla la course
sans sourciller. Cela aussi, c'était la liberté.

À Notre-Dame-des-Roses, il ne trouva pas de place
au seul hôtel de l'endroit. L'hôtelier lui dit toutefois
qu'il pourrait peut-être trouver une chambre au
Dépanneur Claudette.

Claudette Lahaise avait une chambre libre, en effet,
juste à côté de celle de sa fille. Justin Demers paya une
semaine d'avance, avant d'aller dîner à l'hôtel.

Il écouta les conversations des journalistes aux tables
voisines, ce qui le mit au courant des derniers événements. Apprenant que Radio-Canada avait un caméraman sur place, il résolut que celui-ci était la seule
personne susceptible de lui fournir un témoignage
tangible de l'existence de Dieu si jamais il Lui prenait la
fantaisie de donner aux gens de ce patelin une preuve
aussi irréfutable de Son existence que des écrits dans le
ciel. Il suffisait de lui offrir de l'argent en échange d'une
copie de la bande vidéo du miracle si jamais miracle il
y avait, et le tour serait joué.

Justin Demers passa la soirée au bar Panaméricain. La barmaid ne se fit pas prier pour lui raconter tout ce qui se racontait dans le village au sujet du miracle de Notre-Dame-des-Roses. Justin Demers se convainquit rapidement que les témoignages d'une jeune dévergondée et d'un vieillard à la vue basse ne feraient pas le poids. La barmaid, par contre, s'avoua incapable de lui indiquer qui était le caméraman de Radio-Canada.

— Il doit pas être à l'hôtel, sinon je le connaîtrais, assura-t-elle. Mais y a un journaliste de Radio-Canada, un petit jeune, qui était ici hier soir. Je peux lui demander, si je le vois.

*   *   *

Après avoir dîné avec Coco Langlais, Martial Bergevin passa la soirée bien tranquillement dans sa chambre, où il espérait que Floralie Lahaise essaierait de le joindre. Avant de se coucher, il téléphona au Dépanneur Claudette, mais elle était sortie.

Expulsée de la chambre de son collègue, Coco Langlais n'avait rien trouvé de mieux à faire que de passer la soirée à une table du Panaméricain. Vers minuit, un homme avec une moustache à la gauloise vint lui demander s'il pouvait lui offrir un verre. Elle accepta.

Justin Demers était très éméché. Il ne lui vint même pas à l'esprit que la grande blonde pouvait être le caméraman qu'il recherchait désespérément. Il ne lui vint pas à l'esprit, non plus, de refuser son invitation à dormir avec elle. Jamais de sa vie il n'avait trompé sa femme, mais jamais non plus une grande blonde ne lui avait fait pareille invitation. Et il était en vacances, libre enfin, en mission spéciale au nom du pape qui ne pourrait pas lui reprocher une faiblesse bien humaine en service commandé par le représentant de Dieu sur Terre.

En constatant qu'elle le faisait monter dans une camionnette aux couleurs de Radio-Canada, il songea à demander :

— Dis donc, tu connaîtrais pas le caméraman ? Faut absolument que je lui parle.

— C'est moi, pourquoi ? demanda à son tour Coco Langlais en le poussant à l'intérieur.

La suite fit oublier à Justin Demers ce qu'il devait demander au caméraman si jamais il le rencontrait.

MONSIEUR GAUTHIER entra triomphalement dans la salle à manger, son exemplaire du *Soleil* sous le bras. Il fut déçu de constater que les journalistes n'étaient pas encore arrivés. Seul le petit jeune homme de Radio-Canada triturait des œufs brouillés. Il s'approcha de lui, jeta le journal sur sa table.

— Je vous ai bien eus! s'écria-t-il.

Martial Bergevin déploya le journal, examina la première page. Un gros titre, sur huit colonnes, annonçait la promesse du président des États-Unis de ne jamais autoriser de plan d'invasion dans les Antilles. Un titre plus petit, en bas de page, révélait que la GRC venait de congédier un de ses agents soupçonné d'avoir, sans autorisation, mis un virus dans l'ordinateur du Parti québécois. Enfin, il repéra le titre de l'article, sur une seule et unique colonne, que monsieur Gauthier voulait lui faire lire : «La statue de Notre-Dame-des-Roses : un troisième témoin». Suivait une dépêche de la Presse canadienne, signée René Martel.

— Vous nous avez eus? demanda le journaliste à son interlocuteur, qui restait debout pour continuer à le dominer du haut de sa petite taille.

Martial Bergevin n'avait rien envoyé au réseau, la veille, pour la simple raison que, même s'il avait enfin un caméraman, il n'avait pas d'images à envoyer. En buvant son jus d'orange artificiel, il avait décidé de rentrer à Montréal. Cette histoire de miracles n'était plus du grand reportage, c'était du guignol. Et il n'avait pas envie de risquer sa carrière dans un coup fourré ridicule.

Mais monsieur Gauthier avait un air triomphant qui l'intriguait au plus haut point. Martial Bergevin replia le journal et adopta une attitude qui signifiait clairement : « Je vous écoute. »

— Je n'ai rien vu, et vous m'avez cru, vociféra son interlocuteur sans se faire prier. Des naïfs de la dernière espèce ! Vous vous êtes fait avoir par un simple amateur… On peut vous raconter n'importe quoi et, le lendemain, c'est dans les journaux, blanc sur noir.

Martial Bergevin eut une soudaine inspiration. Il s'efforça d'adopter un air penaud.

— Écoutez, monsieur Gauthier, il serait important que vous aidiez la population du Québec — et même du Canada tout entier, ajouta-t-il en songeant que monsieur Gauthier pouvait être un fédéraliste convaincu. Seriez-vous prêt à tout répéter devant une caméra ? Je vous jure que cela va faire du bruit.

Monsieur Gauthier fit semblant de réfléchir un instant, puis acquiesça parce que c'était justement ça qu'il souhaitait. Le journaliste l'entraîna dehors avec lui, marcha jusqu'au parc Notre-Dame-des-Roses où il trouva la camionnette de Coco Langlais. Les rideaux étaient tirés. Il donna quelques coups de poing sur la porte arrière.

Il y eut du bruit à l'intérieur. La porte s'ouvrit sur le visage de Coco Langlais qui bâillait à s'en décrocher la mâchoire.

— Vite, dit Martial Bergevin, on a une petite entrevue à faire.

— C'est parce que...

Martial Bergevin se haussa sur la pointe des pieds pour voir derrière elle. Un homme au visage orné d'une splendide moustache était couché sur une couverture au fond de la camionnette.

— Il dort, dit-elle.

— Réveille-le.

— Comme tu voudras. Mon pitou, faut te lever, j'ai du travail.

L'homme, gêné, chercha ses vêtements, mais Coco Langlais fut prête bien avant lui et avait fini d'installer la caméra alors qu'il en était encore à lacer ses chaussures.

Martial Bergevin faillit lui demander si c'était à lui que Coco Langlais parlait au téléphone dans son lit l'avant-veille au soir, mais il ne put trouver aucune façon de poser la question sans se rendre suspect aux yeux de cet homme solidement bâti.

Il se plaça d'un côté de la statue, à l'arrière, et fit placer monsieur Gauthier de l'autre côté.

— Tu nous vois bien? La statue aussi?

— Oui, c'est parfait, acquiesça Coco Langlais. Y a vous deux en avant, la statue un peu en retrait et le fleuve qui brille en arrière. Très joli. On jurerait du national. Ça tourne.

Monsieur Gauthier lissa sa rare chevelure avec une paume mouillée de salive. Martial Bergevin introduisit le sujet en rappelant que la Presse canadienne avait rapporté qu'un nouveau témoin venait de voir bouger la statue de Notre-Dame des Roses. Il fit une interview plutôt brève de ce seul et unique témoin, qui raconta avec la plus grande agitation qu'il n'avait rien vu et qu'on l'avait cru même si des douzaines d'autres personnes n'avaient rien vu du tout. Le journaliste conclut :

— Plus les jours passent à Notre-Dame-des-Roses, plus il semble évident que les statues de la Sainte Vierge, ici comme ailleurs, ne bougent que dans l'imagination de gens que la foi et la crédulité aveuglent au point de leur faire voir des choses qui n'existent pas. À moins que ce ne soient, comme monsieur Gauthier, de fieffés menteurs. Un reportage de Martial Bergevin et Jacqueline Langlais, à Notre-Dame-des-Roses.

Coco Langlais fit signe que c'était très bien et qu'elle lui vouerait une reconnaissance éternelle de l'avoir mentionnée par son nom dans un reportage susceptible d'être diffusé dans tout le pays.

Le journaliste remercia chaleureusement monsieur Gauthier, qui le remercia plus chaleureusement encore, comme si se faire traiter de menteur à la télévision avait été le rêve de sa vie.

Martial Bergevin regarda l'enregistrement de l'interview dans la camionnette. C'était exactement ce qu'il voulait.

— Attends-moi ici, dit-il à Coco Langlais.

Il retourna à la salle à manger de l'hôtel, trouva René Martel et deux autres journalistes qui déjeunaient ensemble, les amena voir l'interview.

Le visage de René Martel tourna rapidement au violet.

— Tu vas pas envoyer ça ?

— Pourquoi pas ?

— Parce que si tu le fais, tu es un maudit enfant de chienne.

Martial Bergevin haussa les épaules.

— De toute façon, c'est pas moi qui décide de ce qui passe ou passe pas au réseau. Je l'envoie, mais ça m'étonnerait qu'ils le gardent. Faudrait vraiment qu'il y ait pas de nouvelles aujourd'hui. À ta place, je m'en ferais pas trop. Mais, si tu y tiens, je peux le faire effacer.

— Je l'apprécierais.

Martial Bergevin fit signe à Coco Langlais d'effacer la bande. Elle appuya sur deux boutons en lui faisant un clin d'œil discret pour lui signifier qu'elle conservait l'enregistrement au cas où il pourrait être encore utile.

— Merci, lui dit Martial Bergevin lorsque les autres journalistes furent repartis. Maintenant, je rentre en ville. Y a plus rien à faire ici.

— Moi, je vais quand même rester jusqu'à demain. Ça te dérangerait de pas dire tout de suite à Rimouski que je suis partie ?

Martial Bergevin crut comprendre qu'elle avait envie de retrouver le type de tout à l'heure.

— Dis donc, le type de tout à l'heure, c'est à lui que tu parlais au téléphone, l'autre soir ?

— Non. Qu'est-ce qui te fait dire ça ?

*   *   *

En faisant sa valise, Martial Bergevin résolut de rester encore jusqu'à la fin de l'après-midi, dans l'espoir de revoir Floralie Lahaise et de prendre congé d'elle de façon civilisée. Sans s'excuser, mais en lui disant le plaisir réel qu'il avait eu à faire sa connaissance. Et que, si jamais il revenait à Notre-Dame-des-Roses, il aimerait bien la revoir.

À seize heures, il se retrouva seul avec Pierre Germain au parc Notre-Dame-des-Roses. Les Pèlerins de Saint-Joseph avaient dû rentrer à Québec à l'expiration du contrat de location de leur autocar. Le silence de la télévision et un ciel menaçant avaient écarté les badauds. Et les journalistes, convaincus par monsieur Gauthier que les apparitions n'étaient qu'une supercherie, s'étaient hâtés de demander des affectations plus intéressantes.

Le père du dépanneur et le jeune journaliste prirent place derrière le banc central, sur deux des chaises que la servante du curé avait rentrées la veille, puis ressorties en début d'après-midi.

Ils étaient assis aux deux extrémités du premier rang et firent semblant de ne pas se voir l'un l'autre.

Après cinq minutes de ce manège, Pierre Germain regarda sa montre et dit à voix haute, comme s'il se parlait à lui-même :

— Mais où est donc passé tout le monde ?

Martial Bergevin hésita à poursuivre la conversation. Puis il dit, lui aussi comme s'il parlait tout seul :

— Je pense bien que j'ai réussi à les faire rentrer chez eux.

Pierre Germain réfléchit quelques instants à une manière de poursuivre cette conversation en faisant semblant de ne parler à personne. Mais l'arrivée d'Agaric Meunier rendit cette recherche inutile.

Le vieillard s'installa, bourra sa pipe. Avant qu'il n'ait eu le temps de l'allumer, Floralie Lahaise arriva à son tour et prit place à côté de lui.

— Bonjour, lui dit Martial Bergevin.

Elle ne répondit pas, mais esquissa quelque chose qui pouvait ressembler à un sourire.

— Vous allez bien, mon enfant? demanda Pierre Germain.

Elle hocha la tête en signe d'assentiment, sans plus sourire. Martial Bergevin eut envie de se rapprocher d'elle pour lui parler mais, même à voix basse, leur conversation aurait été à portée d'oreille de Pierre Germain.

Agaric Meunier se leva alors, marcha jusqu'à la statue, en fit lentement le tour et revint s'asseoir.

— Elle bougera plus, dit-il avec l'accent de certitude d'un météorologue annonçant de la pluie une demi-heure après le début d'un orage.

— Qu'est-ce qui vous fait dire ça? demandèrent simultanément Martial Bergevin et Pierre Germain.

Le vieillard cracha cérémonieusement un long filet de salive brune.

— C'est pas la même statue.

Martial Bergevin et Pierre Germain acceptèrent enfin de se regarder l'un l'autre, histoire de s'assurer que leur étonnement était partagé.

— Vous en êtes sûr? demandèrent-ils encore.

— Venez voir.

Ils se levèrent tous les quatre et s'approchèrent de la statue. Agaric Meunier adopta une attitude qui signifiait clairement: «Qu'est-ce que vous pensez de ça, hein?» Mais les trois autres ne pensaient rien puisqu'ils ne remarquaient rien d'anormal.

— Hier, elle avait le gros orteil gauche cassé, daigna-t-il enfin expliquer. Maintenant, il est correct.

Sentant que ses auditeurs étaient sceptiques, il ajouta:

— Je le sais, parce que c'est moi qui l'a brisé, au printemps, en vidant ma pipe. Je peux payer les dommages, si c'est pas trop cher.

— Le curé l'a peut-être fait réparer?

— Ça se verrait. C'est pas la même statue.

Martial Bergevin et Pierre Germain se penchèrent sur l'orteil gauche de la Vierge. Pas la moindre trace de cassure ou de réparation. Il n'y avait pas orteil plus intact que celui-là.

— Mais qui aurait pu faire ça? se demanda Pierre Germain à haute voix.

Déjà, Martial Bergevin savait qu'il avait enfin de quoi faire un reportage. Et vite, s'il voulait l'envoyer à Rimouski à temps pour les nouvelles de fin de soirée, ce qui serait une véritable consécration pour son miracle transformé en vol de statue religieuse dans un endroit public.

Il prit quand même le temps de s'approcher de Floralie Lahaise.

— J'étais venu pour te dire que je m'en allais. Mais je viens de décider de rester. J'espère qu'on va se revoir.

— Il me semblait qu'on se vouvoyait?

— On peut recommencer, si tu veux.

Elle secoua la tête de haut en bas, puis de droite à gauche.

*   *   *

Martial Bergevin repéra la camionnette bleue dans le stationnement derrière l'hôtel. Il frappa. Pas de réponse. Il regarda par une fenêtre. Personne.

De retour à l'hôtel, il demanda à Gilbert Landreville s'il avait vu Jacqueline Langlais.

— La grande blonde qui a couché avec vous l'autre soir? Elle est dans votre chambre.

— Qu'est-ce qu'elle fait là?

— Ça me regarde pas. Tout ce que je sais, c'est qu'elle m'a dit d'envoyer la facture à votre nom, à Radio-Canada.

Martial Bergevin monta à la chambre seize. Il frappa et entra sans attendre de réponse.

— Entrez, cria Coco Langlais en le voyant entrer.

Elle était au lit. Seule.

— Vite, on a un reportage à faire.

Elle sauta hors du lit, mit un jean sans culotte et une veste sans soutien-gorge. Juste comme Martial Bergevin passait le pas de la porte, un homme sortit de la salle de bains. Un grand type que Martial Bergevin ne vit que le temps de constater que ce n'était pas celui de la camionnette, à moins qu'il n'ait rasé sa moustache.

— On a un reportage à faire, expliqua Coco Langlais. Ferme bien la porte en partant.

*   *   *

Agaric Meunier était resté au parc Notre-Dame-des-Roses à fumer sa pipe.

Martial Bergevin et Coco Langlais improvisèrent un reportage pas très inspiré mais d'une clarté limpide, avec gros plans sur l'orteil de la Sainte Vierge. Flatté qu'on reconnaisse sa perspicacité, Agaric Meunier accepta de se laisser filmer près de la statue, mais refusa de parler devant la caméra.

Il refit le geste par lequel il avait brisé la statue avec sa pipe. Mais plus doucement, pour éviter de casser celle-là aussi.

Martial Bergevin conclut : « Tintin a élucidé le mystère de l'oreille cassée. Et moi, je suis aux prises avec celui de l'orteil cassé. Un mystère qui s'épaissit de jour en jour. Que la statue ait bougé ou non, Agaric Meunier est sûr que quelqu'un l'a remplacée. À moins que vous ne préfériez croire qu'il lui a poussé un orteil. Un miracle qui en vaut bien d'autres, vous en conviendrez. »

Il demanda à Coco Langlais de faire venir un coursier et d'envoyer la bande à Rimouski pour qu'on la relaie à Montréal. Puis il retourna à l'hôtel, téléphona à son producteur, lui expliqua le contenu de son reportage.

— Faudrait qu'on soit bien mal pris pour se servir de ça, râla le producteur. Tu reviens ce soir ?

— Non. Il faut que je trouve qui a volé la statue.

— J'aurais quelque chose pour toi en Pologne. Paraît que tu parles polonais. Lou Johnson est pris avec Gorbatchev à Moscou. J'ai pensé que tu aimerais ça voyager. C'est à propos de l'affaire Poebbels. Tu connais ? C'est l'ex-garde de camp de concentration qui vient de se faire arrêter à Edmonton. Il s'agit d'aller interroger des victimes, là-bas.

— Pas tout de suite. Dans deux, trois jours, peut-être.

— Je peux envoyer Marie-Claire Labelle en Pologne.

C'étaient des arguments massue. Martial Bergevin n'avait jamais été envoyé à l'étranger. En plus, on le menaçait d'envoyer sa pire ennemie à sa place.

— Comme vous voudrez, dit-il simplement, le cœur serré.

Il y avait la statue. Il y avait surtout Floralie Lahaise.

*   *   *

Martial Bergevin retourna encore au parc Notre-Dame-des-Roses. Il tenta de soulever la statue, mais elle était trop lourde.

— Je peux t'aider? offrit Coco Langlais, qui achevait de ranger son matériel.

— La statue doit être vissée. Pas moyen de la déplacer.

— Laisse-moi faire.

Elle empoigna la statue à bras-le-corps, la tira un peu vers elle.

— Où tu la veux?

— Je veux juste voir s'il y a quelque chose d'écrit en dessous.

Elle se pencha en arrière pour incliner la statue. Le reporter se mit à quatre pattes. Une inscription était effectivement gravée sous la base: «F. Eimrath Rimouski 1958».

Coco Langlais replaça la statue sur son socle.

— Faut que j'aille à Rimouski, dit Martial Bergevin en se relevant.

— Je peux t'accompagner?

— Parfait.

Ils montèrent dans la camionnette et Coco Langlais prit le volant.

* * *

À Rimouski, Martial Bergevin demanda à Coco Langlais de s'arrêter à la première cabine téléphonique. Il consulta les pages blanches, puis les jaunes.

— Je l'ai! s'écria-t-il enfin.

Dans la rubrique «Statuaire liturgique et profane», il y avait une seule inscription: «Ferencz Eimrath, sculptures religieuses et politiques. Livraison rapide. Prix raisonnables.»

*   *   *

«C'est un miracle!» s'exclama Martial Bergevin en constatant qu'il y avait de la lumière aux fenêtres de l'atelier qui pouvait avoir déjà été une de ces minuscules églises protestantes qu'on ne trouve que dans un milieu presque totalement catholique.

— Tu penses que ça se peut, une statue qui montre son cul? fit Coco Langlais en tournant la clé pour éteindre le moteur.

— Non. Le miracle, c'est qu'il y a encore quelqu'un à sept heures.

— Il habite peut-être là?

— J'y vais, dit Martial Bergevin.

Elle le suivit sans lui demander son avis.

Il y avait une sonnerie à droite de la porte. Martial Bergevin appuya dessus une première fois, brièvement, puis une seconde fois plutôt longuement, puis encore très fort et très longtemps.

— J'arrive. Y a pas le feu, dit un petit homme en entrouvrant la porte.

L'homme avait un accent tout à fait québécois. Martial Bergevin crut qu'il ne pouvait pas s'agir de Ferencz Eimrath.

— Je cherche un monsieur Eimrath.

— C'est moi. Qu'est-ce que vous lui voulez?

FRANZ EIMRATH était né en Allemagne, juste à temps pour faire partie des dernières Jeunesses hitlériennes, mais pas assez tôt pour y faire autre chose que jouer au boy-scout avec de vraies munitions. Il avait émigré au Québec à vingt-trois ans, après avoir été apprenti chez un statuaire de Francfort longtemps spécialisé dans la reproduction des statues de beaux jeunes Aryens dont le régime nazi avait été friand, et qui avait eu, après la guerre, bien peu de mal à se recycler dans les sujets religieux.

Installé à Rimouski, Franz Eimrath avait profité des origines hongroises de sa grand-mère maternelle pour changer son prénom germanique en Ferencz. Il avait reconnu rapidement que le Bas-du-Fleuve constituait un excellent marché pour les statues religieuses. Tellement bon que pour l'exploiter efficacement il fallait les produire sur une base industrielle. Il avait opté pour les saintes et créé un modèle unique, en plâtre, qui se transformait rapidement en Sainte Vierge, en saintes Thérèse (de l'Enfant-Jésus et d'Avila), en sainte Anne et en pratiquement toute sainte du calendrier. L'acheteur n'avait qu'à apporter une image de la sainte souhaitée.

Sur son modèle moulé en série, le sculpteur ajoutait, selon la commande, quelques accessoires peu coûteux — crucifix en bois, fleurs en plastique, vieux missel représentant n'importe quelles saintes écritures. La commande la plus difficile à remplir : ajouter un plateau pour la patronne de la paroisse Sainte-Agathe de Rimouski. Le curé lui avait même demandé de mettre plus que deux « petits pains » sur le plateau que portait la martyre. C'est ainsi que Ferencz Eimrath réalisa la seule représentation de la sainte portant sur son plateau une bouteille de vin, deux verres et trois seins.

Il recouvrait le tout — personnage et accessoires — d'une épaisse couche de résine acrylique, qui donnait à ses statues une grande résistance aux intempéries. Le client avait le choix de la couleur, plus souvent qu'autrement le bronze. Jusqu'à la fin des années soixante, l'atelier de Ferencz Eimrath avait prospéré. Depuis, les affaires avaient périclité. Malgré la création d'un modèle masculin aux traits et à l'attitude si vagues qu'on en avait commandé pour représenter autant Jean Lesage que Maurice Duplessis, l'atelier offrait à ses rares visiteurs un aspect de plus en plus délabré, avec ses statues inachevées, recouvertes de poussière et de toiles d'araignée.

Comme Ferencz Eimrath ne savait pas un seul mot de français avant de quitter son Allemagne natale, il avait appris cette langue au Québec avec l'accent du Québec. Dans son cas, c'était un français tout à fait châtié, acquis au contact des sœurs et des curés, et par le fait même dépourvu de tout juron de nature sacerdotale.

Martial Bergevin expliqua qu'il travaillait pour Radio-Canada et était à la recherche de quelqu'un qui aurait pu, récemment, lui acheter une statue semblable à celle qu'il avait faite de Notre-Dame des Roses.

— Ah, la statue qui montre son derrière à la télévision! s'exclama le sculpteur même s'il ne l'avait jamais vue faire ça là. Suivez-moi.

Il les entraîna dans l'atelier. Au pied du mur le plus long étaient rangées des douzaines de statues identiques représentant une femme que Martial Bergevin ne parvint pas à identifier, mais qui ressemblait vaguement à Notre-Dame des Roses. Le plus gros modèle était au sol. Deux autres modèles, respectivement grands comme la moitié et le quart du premier, occupaient des étagères jusqu'au plafond.

De l'autre côté de cette pièce en longueur, vraisemblablement l'église elle-même, dont le plafond surbaissé laissait supposer que l'artiste avait dû aménager un étage au-dessus pour y loger, il y avait des statues d'un homme, moderne celui-là, en complet-veston, une main tendue devant lui et l'autre à demi fermée traînant derrière son dos. L'homme n'existait qu'en deux modèles: le grand et le moyen.

— Notre-Dame des Roses, vous avez dit? répéta Ferencz Eimrath en ouvrant un cahier. Oui, j'ai ça. Un nommé Gaby Théroux m'en a commandé une au début de la semaine. Le grand modèle.

— C'est l'ancien lutteur, celui qui est avec Vive la vie?

— Je ne sais pas. Je ne demande que le nom du client quand je n'ai pas à livrer.

—Il en a pris livraison?

— Oui. Il est venu la chercher avant-hier. Je travaille très vite, maintenant. Les nouvelles fibres, ça sèche presque instantanément.

Martial Bergevin fit un clin d'œil à Coco Langlais, qui signifiait : « Je sais tout ce que je voulais savoir. »

— C'est très bien comme ça. Je m'excuse de vous avoir dérangé. Mais dites donc, vous n'auriez pas vu quelque part une statue de Notre-Dame des Roses avec un orteil cassé ? Ce monsieur Théroux aurait pu vous la montrer pour être sûr d'en avoir une semblable ?

— Non. L'autre non plus.

L'autre non plus ? Que voulait-il dire ? Devant l'air interrogateur du journaliste, Ferencz Eimrath précisa :

— Oui. Un certain Rosaire Desrosiers.

— Je parie que vous n'avez pas son adresse, à lui non plus ?

— Il est venu la chercher hier.

Le nom de Rosaire Desrosiers semblait vaguement familier à Martial Bergevin, qui remercia Ferencz Eimrath de ses précieux renseignements, s'engagea à mentionner son atelier en ondes s'il en avait l'occasion, et s'apprêtait à partir, lorsque le sculpteur retint Coco Langlais par le bras.

— Vous n'avez jamais été modèle, mademoiselle ?

— Non, pourquoi ?

— Parce que ma statue de femme commence à se démoder un peu. À part ces deux ventes depuis une semaine, je n'en ai pas vendu une seule de toute l'année. Si vous acceptiez de poser pour moi, je pourrais réaliser un chef-d'œuvre et vous vous retrouveriez dans des milliers d'églises, d'écoles. De bureaux, surtout, parce que c'est là qu'est l'avenir de la sculpture contemporaine : dans les corporations. Il y a aussi les tribunaux, où je vous verrais très bien en Justice aveugle...

— Je vais y penser, dit Coco Langlais sur le ton de quelqu'un qui n'y penserait jamais.

Quand ils remontèrent dans la camionnette, Martial Bergevin la regarda à la lueur du plafonnier tandis qu'elle refermait la porte. Elle, un modèle? Ferencz Eimrath devait être un vieux vicieux qui ne songeait qu'à coucher avec elle.

Un peu plus tard, lorsque la camionnette s'arrêta à un feu rouge sous un lampadaire à la sortie de la ville, le reporter la regarda encore. Oui, peut-être qu'elle serait bien en sculpture.

*   *   *

À Notre-Dame-des-Roses, ils durent partager le seul plat que la cuisine du Médaille de bronze pouvait leur réchauffer à cette heure: un restant de pâté chinois. (Agaric Meunier s'était vu servir le même, sous prétexte que les journalistes étaient presque tous partis, et l'avait trouvé détestable; il avait à peine touché à sa portion, que l'on put ainsi servir de nouveau, et Martial Bergevin en hérita.)

Après le dessert, un pouding-chômeur, minuscule malgré le coût minime des ingrédients, ils montèrent ensemble l'escalier.

— Tu peux dormir dans ma chambre, si tu veux, offrit Coco Langlais.

Il avait complètement oublié qu'il n'avait plus de chambre.

— Ah, tu es gentille. Tu téléphoneras pas trop longtemps?

— Non. De toute façon, il est tard.

Elle le lui prouva en s'endormant sitôt au lit. Dans l'obscurité, Martial Bergevin s'efforça de réfléchir aux derniers événements. Ainsi, un chef de file du groupement Vive la vie avait acheté une statue de Notre-Dame

135

des Roses. Un mystérieux Rosaire Desrosiers avait fait de même. Une de ces deux personnes avait mis sa sculpture à la place de l'originale. Laquelle?

C'est alors qu'il songea qu'une de ces deux personnes avait remplacé la statue originale par une nouvelle. Puis la deuxième était venue remplacer la nouvelle statue par une autre nouvelle.

Chacune de ces personnes croyait donc être en possession de la vraie statue prétendument miraculeuse. Mais une seule la possédait réellement: la première à avoir fait la substitution.

Il sourit en pensant à l'individu qui s'était emparé d'une statue incapable du moindre miracle. Puis il se rappela que la première des statues n'avait rien de miraculeux, elle non plus.

Mais qui était passé le premier? Et surtout qui était ce mystérieux Rosaire Desrosiers dont le nom lui disait vaguement quelque chose?

Il parvint à s'endormir, malgré une érection qui ne le lâchait pas depuis qu'il avait imaginé Coco Langlais en caryatide. Quelques instants plus tard, il s'éveilla, comme si un songe lui avait rappelé l'endroit où il avait vu le nom de Rosaire Desrosiers.

Il se leva, s'habilla, courut jusqu'au parc Notre-Dame-des-Roses, craqua une allumette et s'assura que le nom de Rosaire Desrosiers était bien celui du donateur de la statue.

— Pourquoi, se demanda-t-il, quelqu'un qui a donné une statue aurait-il envie de la reprendre trente-deux ans plus tard?

Retourné au lit, il échafauda une bonne dizaine d'hypothèses farfelues et finit par s'endormir sans en croire aucune.

JOHN S. PARKENTON disait souvent que le Canada serait le plus beau pays du monde, si ce n'était des journalistes et des avorteurs.

Comme il tenait ces propos même devant les journalistes, on le croyait. Mais toute personne qui l'aurait bien connu aurait su que, s'il disait vrai dans le cas des journalistes, il mentait effrontément (peut-être aussi se mentait-il à lui-même, ce qui est le comble de l'effronterie) au sujet des avorteurs. Il se fichait des avortements, des avortées, des avorteurs et des avortons comme de sa première chemise. En fait, s'il avait voulu parler franchement, il aurait plutôt déclaré que son pays aurait été un pays de rêve si ce n'avait été des journalistes et des Canadiens français.

Le plus amusant de ce préjugé — si tant est qu'on puisse se réjouir d'un préjugé —, c'est que, comme la plupart des préjugés, il se fondait sur une méprise au sujet d'une seule et unique personne : Norm Gagnon, un journaliste qui n'avait de français que le patronyme, qu'il n'était même pas capable de prononcer correctement.

Si ce Norm Gagnon n'avait jamais existé, John S. Parkenton aurait vraisemblablement connu une carrière totalement réussie.

J. S. P. avait d'abord fait parler de lui comme pasteur de l'Église unificatrice du Canada, à Toronto, qu'il avait lui-même fondée. Il s'agissait d'une secte œcuménique et vaguement chrétienne, cherchant à rassembler des gens de toutes les confessions religieuses — même des Juifs — à condition qu'ils renoncent à leurs anciennes croyances. L'Église unificatrice du Canada avait connu beaucoup de succès, son chef étant particulièrement habile à convaincre les riches veuves à désigner sa secte comme légataire universel. Mais elle avait perdu la majorité de ses fidèles lorsqu'un article de Norm Gagnon dans le *Toronto News* avait fait état de rumeurs au sujet de l'utilisation de fonds à des fins personnelles par son fondateur. Celui-ci protesta que les abus avaient été le fait de collaborateurs trop enthousiastes. Il admit seulement avoir été quelque peu inattentif aux questions matérielles, qui étaient pourtant sa principale préoccupation. Il évita de justesse les poursuites judiciaires et mit en veilleuse son Église dont il ne pouvait plus tirer grand profit.

Il s'était alors recyclé dans la publicité, en fondant une agence — J. S. P. & Friends — spécialisée dans la publicité morale et sociétale. Il n'acceptait, prétendait-il, que des clients de la plus haute moralité, dans le but de créer des campagnes publicitaires qui serviraient autant l'intérêt des consommateurs que celui des fabricants. L'agence connut dès le départ un succès spectaculaire, ses clients étant particulièrement enchantés de se faire décerner un certificat de moralité par le seul fait de confier leur budget publicitaire à une agence aux préoccupations les plus élevées. Malheureusement, ce succès suscita l'envie de ses concurrents, et une série d'articles acrimonieux, publiés dans *Advertising Canada*, encore sous la plume de Norm Gagnon, révélèrent que les clients de J. S. P. & Friends étaient soit des pollueurs, soit des filiales de la mafia, soit des filiales d'entreprises sud-africaines.

L'agence périclita lorsque ses clients prirent conscience qu'ils se trouvaient tout à coup associés à un groupe de bandits, ce qui est particulièrement désagréable lorsqu'on est, comme par hasard, bandit soi-même.

Mais l'agence ne ferma pas ses portes. J. S. P. se contenta de se débarrasser de ses clients les plus gênants — à commencer par les fabricants d'armes et les trafiquants de drogue.

Disposant soudain de beaucoup de temps et ayant toujours besoin ou envie de beaucoup d'argent, il recycla son agence dans la collecte de fonds pour des organismes de charité. Là encore, le succès ne se fit pas attendre. La plupart de ces campagnes laissaient le public indifférent et ne rapportaient aux organismes philanthropiques qui les commanditaient qu'un faible pourcentage des sommes versées. Mais J. S. P., dont l'agence était la principale bénéficiaire de ces pourcentages, faisait valoir à la Société canadienne de l'acouphène ou à l'Association des orphelins sidéens qu'en plus de recevoir des fonds minimes, ce qui était déjà mieux que rien du tout, elles avaient leur nom dans les journaux et à la télévision. Sans ses services, elles ne seraient pas plus riches et totalement inconnues. Et il citait avec fierté le cas du Fonds canadien pour le syndrome de Clarkson : avant la campagne de financement, il n'y avait eu depuis dix ans, dans tout le pays, que quatre cas de cette maladie rarissime ; après la campagne, il y en eut cent quarante-quatre en trois mois !

Ces réussites éclatantes n'empêchèrent pas plusieurs de ces clients de laisser tomber J. S. P. & Friends à la suite d'une série d'articles, toujours signés Norm Gagnon mais publiés cette fois dans le mensuel *Monday Morning*, révélant que les quinze clients de l'agence n'avaient reçu en tout et pour tout que cent treize mille dollars sur les quelque quatre millions recueillis par l'agence. Il y eut enquête policière, mais J. S. P. parvint à démontrer que tous ses frais et honoraires étaient parfaitement légitimes. Était-ce sa faute à lui s'il en coûtait généralement quatre-vingt-dix-neuf cents pour obtenir un dollar en faveur de causes aussi difficiles à promouvoir que le Soutien africain à l'allaitement maternel ou l'Association des petites personnes de l'Ouest?

Face à une nouvelle fuite de ses clients, J. S. P. se rendit compte que le meilleur moyen de s'occuper était de devenir son propre client.

C'est ainsi qu'il convainquit quelques notables de Toronto et de Sault-Sainte-Marie de fonder avec lui l'OCOL (One country, one language), association qui se donna l'étrange mission de faire la promotion de l'anglais chez les gens qui parlaient déjà cette langue.

Les taux de réponse à sa campagne de financement furent si élevés que J. S. P. ne parvint pas à gonfler ses frais suffisamment pour garder pour lui toutes les rentrées d'argent.

Il proposa toutefois aux responsables de l'OCOL de tenter une campagne similaire chez les francophones du Québec. «Vous ne me ferez jamais croire, leur dit-il, qu'il n'y a pas au moins quelques centaines de milliers de Québécois francophones qui ne préféreraient pas parler l'anglais plutôt que le français.»

La campagne de l'UPUL (Un pays, une langue) fut un désastre, qui lava d'un coup tous les profits réalisés par la collecte de fonds de son pendant anglophone. Taux de réponse : moins de 0,001 pour cent.

Même la version « douce », testée auprès de la moitié des destinataires et qui ne précisait aucunement que l'anglais était la langue qu'on leur demandait de soutenir généreusement, n'obtint que deux réponses sur cinquante mille envois. Ces deux réponses venaient du Lac-Saint-Jean. Et les chèques étaient sans provision.

Tout cela ne fit que renforcer encore le mépris de J. S. P. à l'égard des Québécois.

Il avait aussi fondé le mouvement Go for life, dont la préoccupation principale était la lutte contre l'avortement, mais qui prétendait s'occuper de l'adoption d'enfants illégitimes, de façon à démontrer que son action était essentiellement positive.

Go for life connaissait beaucoup de succès en Ontario, au Manitoba et en Colombie-Britannique. Mais son aile québécoise était pitoyable. Quatre-vingt-sept membres cotisants — et on en perdait à chaque renouvellement, sans compter que neuf pour cent de leurs chèques étaient sans provision (en Ontario, cette proportion ne dépassait jamais quatre ou cinq pour cent).

J. S. P. croyait qu'une bonne part des difficultés du mouvement au Québec venait de la manière dont on avait traduit son nom. « Vive la vie » n'avait pas le mordant de Go for life, car il n'impliquait aucunement les notions de choix et d'action. Ayant étudié un peu de français au *high school*, il avait lui-même proposé « Va pour vie », mais cette suggestion avait été repoussée, unanimement et bien légèrement, par les rares

Québécois du mouvement — généralement des prêtres, actifs ou défroqués, et des religieuses, réelles ou frustrées.

J. S. P. avait néanmoins repris un peu d'espoir dans l'aile québécoise du mouvement lorsqu'il avait fait la connaissance de Gaby Théroux. L'ex-catcheur avait un physique grossier et un manque total de sophistication qui prouvaient à l'ex-pasteur torontois qu'il avait enfin rencontré un Québécois authentique répondant parfaitement à l'image qu'il avait toujours eue de ces gens frustes que les médias ne montraient jamais. Il avait insisté pour qu'il devienne le principal porte-parole du mouvement en français, et le considérait à toutes fins utiles comme son bras droit québécois, bien que rien ne l'ait confirmé officiellement.

Le grand patron de Go for life n'avait pas entendu parler de Notre-Dame-des-Roses pendant les premiers jours, les journaux torontois n'ayant guère fait attention à ce nouveau miracle, car l'actualité leur offrait à cette époque mille et une autres occasions de se moquer du Québec.

C'est Gaby Théroux qui lui apprit, au téléphone, qu'une jeune fille et un petit vieux prétendaient que la statue de la Sainte Vierge montrait son postérieur à un vieux fou et à une jeune menteuse. Le lieutenant québécois de Go for life était particulièrement furieux contre la jeune fille. Au début, il avait cru qu'elle était une spectatrice innocente, mais des gens du village lui avaient affirmé qu'elle s'était fait avorter. Si on ne le retenait pas, il irait lui casser la gueule pour la faire taire. Ou au moins lui faire admettre que la Sainte Vierge n'était coupable d'aucun acte indécent.

J. S. P. lui conseilla de se calmer et de lui confier ce problème. Il trouverait bien une façon de faire taire la jeune fille.

Il eut alors une idée brillante : faire paraître dans *Le Soleil*, dont les tarifs publicitaires étaient fort raisonnables, une annonce qui soulèverait une telle controverse que les journaux torontois, dont les tarifs étaient exorbitants, en parleraient gratuitement en première page.

Il demanda au jeune directeur artistique de son agence de lui préparer quelque chose dans les plus brefs délais.

Lorsque J. S. P. montra à sa femme l'épreuve de l'annonce qui paraîtrait le lendemain, madame Parkenton lui demanda si quelqu'un de Vive la vie était au courant.

— Non, pourquoi ? J'ai fait traduire l'annonce par un des meilleurs bureaux de traduction. Je leur ai fait jurer sur la Bible qu'il n'y avait pas de faute typographique.

— Peut-être que, juste par courtoisie, tu pourrais au moins en parler à Gaby Théroux.

Il rejoignit aussitôt celui-ci chez lui. Gaby Théroux sembla flatté que son patron torontois lui demande ainsi son avis.

— Vous avez un télécopieur ? s'enquit J. S. P.

Non, il n'en avait pas et ne connaissait personne qui en possédait un.

— C'est dommage, soupira le patron de l'OCOL. Je me serais fait un plaisir de vous montrer l'annonce tout de suite. De toute façon, vous la verrez dans le journal demain.

Il raccrocha et dit à sa femme :

— C'est incroyable : ces gens-là n'ont même pas de télécopieurs. Et ils parlent de se séparer !

LE PREMIER MINISTRE regardait rarement le journal télévisé de Radio-Canada. Il préférait regarder les nouvelles des réseaux privés — non parce qu'elles étaient meilleures, mais parce qu'une étude lui avait révélé que leur auditoire était plus influençable.

Il savait que, pour qu'il se fasse réélire, il était essentiel que les gens pensent du bien de lui (il aurait préféré être aimé, mais y avait renoncé depuis longtemps; il n'avait tout simplement pas une tête à être aimé).

Pour que les gens pensent du bien de lui, il était nécessaire que l'on en dise. Pour s'assurer qu'on le faisait et pour savoir qui le faisait, il étudiait, chaque fois qu'il en avait l'occasion, ce que disaient de lui les chaînes de télévision privées.

Mais, ce soir-là, une de ces chaînes était monopolisée par un interminable téléthon. L'autre diffusait une fois de plus *Le jour le plus long* sous prétexte que le mois prochain marquerait une fois de plus l'anniversaire du débarquement en Normandie.

Le Premier ministre fut donc forcé de regarder les nouvelles de Radio-Canada. Il y paraissait brièvement, à l'occasion de l'inauguration d'une usine de stimulateurs gingivaux — la première du Québec. On avait retenu de sa brève allocution son allusion à «cet important pas en avant dans la santé économique collective et dans l'hygiène dentaire individuelle des Québécois et des Québécoises».

Ce n'était pas franchement mauvais, mais il ne pouvait que constater une fois de plus son principal défaut : il était ennuyeux comme la pluie. Et il n'y pouvait rien. Il avait déjà essayé de faire des jeux de mots, qui n'avaient fait rire personne. Il avait acheté des vêtements plus à la mode, dans lesquels il avait été le premier à se trouver ridicule.

Rien à faire : il était assommant, ce qui n'empêchait pas les gens de le réélire, parce qu'il ne ratait jamais une inauguration d'usine. On ne l'aimait pas, mais on pensait du bien de lui. C'était quand même mieux que le contraire.

Il s'apprêtait à appuyer sur le bouton pour éteindre la télévision, lorsque Bernard Derome annonça du nouveau dans le cas de la Sainte Vierge «qui montre une partie jusque-là cachée de son anatomie». Le Premier ministre reposa la télécommande à côté de lui sur le lit.

Il vit un jeune reporter qu'il ne connaissait pas mais qui parlait avec beaucoup d'aplomb. Il écouta à peine ce qu'il racontait — une histoire abracadabrante de statue miraculeuse à l'orteil cassé. Dès qu'il eut terminé, le Premier ministre éteignit la télévision et appuya sur un des boutons de mémoire de son téléphone de chevet.

Gaston Labrie, comme toujours, répondit après une seule sonnerie.

— Dites donc, Gaston, je regardais les nouvelles à Radio-Canada.

— Le reportage sur l'usine de stimulateurs gingivaux? Vous étiez très bien. Impeccable.

— Non, je parle du reportage, après. Un nouveau journaliste. Je ne sais pas son nom, mais il a l'air dynamique. On manque de personnel compétent aux relations publiques.

— C'est Martial Bergevin. Je connais pas grand-chose de lui. Mais je peux faire enquête.

— Parfait. Puis dites-moi donc, Gaston, qu'est-ce que c'est que cette histoire de statue qui montre son cul?

Gaston Labrie fut surpris d'entendre ce mot dans la bouche du Premier ministre, qui avait généralement un langage encore plus soigné qu'incolore.

— C'est dans le Bas-du-Fleuve. Je n'ai pas tellement suivi l'affaire. Tout ce que je sais, c'est qu'il y a eu une bagarre cette semaine. Pas de morts. On a envoyé un demi-peloton de la S. Q. Mais je pense que c'est dans le comté de Maltais, ça. Vous voulez que je lui demande de faire sa petite enquête? Ça l'occupera.

— Pas d'objection.

Le Premier ministre raccrocha, se tourna vers son compagnon et constata qu'il dormait profondément. L'idée de se débarrasser de lui, qui lui était venue quelques moments plus tôt, lui sembla encore meilleure.

*　　*　　*

Le téléphone sonna huit coups avant que Léonard Maltais ne soit assez réveillé pour décrocher.

— Je viens de parler au Premier ministre, fit la voix de Gaston Labrie.

Cela réveilla tout à fait Léonard Maltais. Le Premier ministre ne pensait pas souvent à lui. C'était même la première fois qu'on lui laissait entendre qu'il se souvenait de son nom si longtemps après la campagne électorale.

— Cette histoire de statue de la Sainte Vierge qui montre son cul, c'est dans ton comté, ça?

— C'est à Notre-Dame-des-Roses. Pas tellement loin d'ici.

— Le Premier ministre aimerait bien savoir ce qui se passe là-bas.

— J'ai pas fait tellement attention à cette histoire. Tout ce qui s'est passé, c'est que des gens de Québec et de Montréal sont venus par ici et se sont battus, mais personne n'a porté plainte.

— Depuis l'affaire de Saint-Amable, le Premier ministre se méfie de tout. La plus petite niaiserie peut toujours mal tourner.

— Bon, je m'en occupe. Je sais à qui parler.

— Ah oui, essaye donc d'en savoir plus long sur un journaliste de Radio-Canada qui est là-bas. Martial Bergevin. Le Premier ministre trouve qu'il pourrait faire un bon directeur des relations publiques.

ROSAIRE DESROSIERS était le fils de l'ancien maire de Notre-Dame-des-Roses.

À l'encontre de son père, élu trois fois maire et battu deux fois aux élections provinciales, il n'avait aucune inclinaison pour la politique directe.

Il préférait les coulisses. Unioniste de naissance, il s'était joint aux libéraux à la mort de son père, était passé au Parti québécois en 1975, et son abstention au référendum de 1980 lui avait fait découvrir la seule position politique tenable lorsqu'on est un modeste entrepreneur en plomberie et qu'on a besoin de contrats gouvernementaux dans une région où ces contrats sont rares et petits : la neutralité.

Pour se rendre utile aux politiciens qui n'auraient pas plus admis l'indifférence que l'hostilité, Rosaire Desrosiers s'était recyclé dans l'information politique. Comme il connaissait le comté mieux que personne (un plombier apprend beaucoup de choses lorsqu'il passe des heures la tête cachée sous les éviers de cuisine), on le consultait souvent, en particulier sur l'opinion publique. On disait qu'il pouvait prédire avec une précision diabolique quel pourcentage de voix telle ou telle mesure pouvait valoir dans le comté.

Léonard Maltais voulait-il savoir combien de votes lui vaudrait la construction d'un nouveau pont sur la rivière Laurier ? Rosaire Desrosiers répondait sans hésitation : « De quatre à cinq cents. » Combien de voix rapporterait dans le comté une augmentation de vingt pour cent des allocations familiales ? Rosaire Desrosiers répliquait aussitôt : « Entre mille et douze cents. » Bien entendu, on ne pouvait jamais vérifier si ces chiffres avaient le moindre rapport avec la réalité. Mais Rosaire Desrosiers était le seul individu à oser répondre à ce genre de question. On n'avait pas d'autre choix que de lui faire confiance si on voulait avoir quelqu'un à blâmer en cas d'échec. D'autant plus que les libéraux avaient gagné les dernières élections de justesse et avec le minimum de promesses en misant sur ses prédictions.

Rosaire Desrosiers vendait aussi ses informations au candidat péquiste, en lui demandant de n'en rien dire aux libéraux et en l'assurant que pour lui c'était moitié prix — ce qui n'était pas vrai, puisque cela aurait été antidémocratique. Et Rosaire Desrosiers adorait la démocratie, puisqu'il en vivait.

Il était en train de prendre sa dernière bière de la soirée dans son sous-sol lambrissé de panneaux de bois hawaïen, lorsque le téléphone sonna. Il décrocha aussitôt.

— Allô ? fit-il d'une voix pâteuse.

C'était Léonard Maltais, qui voulait savoir si, à son avis, l'affaire de Notre-Dame-des-Roses pouvait avoir des répercussions sur l'électorat.

— Je comprends ! s'exclama Rosaire Desrosiers sans hésiter parce qu'il n'hésitait jamais. Le monde à qui j'en ai parlé y croit dur comme fer.

— À une statue de la Sainte Vierge qui montre son derrière?

— Y a une vieille qui m'a dit que tout est possible, maintenant que les communistes deviennent capitalistes. C'est le monde à l'envers. La Sainte Vierge peut bien se conduire comme une guidoune.

Léonard Maltais eut du mal à le croire. Mais il était convaincu que Rosaire Desrosiers était tout simplement l'individu le plus moyen de sa circonscription. Son opinion était représentative, sans plus, même si cela n'était pas une valeur négligeable. S'il affirmait que la Sainte Vierge se conduisait en fille de petite vertu, c'était parce qu'il le pensait lui-même. Cela signifiait surtout que des milliers de gens pouvaient penser comme lui.

— À mon avis, renchérit Rosaire Desrosiers, les péquistes pourraient en tirer profit, même sans s'en mêler. Une statue qui montre son cul, ça va contre l'ordre établi. Puis l'ordre établi, c'est vous autres.

— Ouais. Qu'est-ce que tu ferais à notre place?

— À votre place, je m'en ferais pas une miette, parce que la statue, elle bougera plus d'un poil.

— Comment ça?

— Je l'ai enlevée, puis je l'ai remplacée par une pareille. Ça fait que si la Sainte Vierge bouge encore, y aura pas grand monde pour la voir, dans le fond de ma garde-robe.

Léonard Maltais se tut, à l'autre bout du fil. Il était profondément religieux, et plus honnête que la plupart des politiciens libéraux. D'autant plus que, se sachant atteint d'une tumeur au cerveau, il n'avait pas très envie de se présenter devant son Créateur pour lui avouer qu'il était complice, après le fait, de l'enlèvement de la mère de Son fils.

— Écoute, dit-il après un long silence. Tu vas aller remettre la statue à sa place. Si c'est une statue miraculeuse, on peut pas l'enlever.

— J'en connais qui seraient prêts à payer cher... commença Rosaire Desrosiers.

— Je t'envoie un chèque de cinq cents dollars. Mais tu me jures que tu vas reporter la statue. Tout de suite.

— Si vous y tenez.

— Puis profites-en donc pour te renseigner sur un reporter de Radio-Canada qui est peut-être encore là. Un petit jeune qui s'appelle Martial Bergevin. Le Premier ministre pense à lui comme directeur de Communications Québec. Mais dis-lui pas ça.

Rosaire Desrosiers raccrocha, monta au rez-de-chaussée. Dans sa chambre, au fond du placard, il retrouva la statue de Notre-Dame des Roses.

— Viens-t'en, ma belle, on va aller faire un petit tour d'auto.

* * *

En rentrant de Notre-Dame-des-Roses, Gaby Théroux avait placé sa statue sur un petit socle formé d'un cadeau de John S. Parkenton qui l'avait reçu de l'éditeur et n'avait personne d'autre à qui le donner: les trois volumes de la version française de l'*Encyclopédie du Canada*. La statue se dressait ainsi dans son salon, devant les tentures de fausse soie qu'il gardait soigneusement tirées de façon qu'elle soit invisible de la rue.

Mais plus il la regardait, moins il savait quoi penser. Il avait d'abord échangé les statues dans le but de détruire la statue blasphématoire. Pour lui, il n'y avait pas de doute possible : cette statue était une invention du diable, envoyée sur Terre pour semer le doute dans l'esprit des croyants et tourner la religion en ridicule.

Il n'avait toutefois pas eu le courage de la détruire. Chaque fois qu'il avait soulevé son marteau au-dessus du crâne de la Vierge, il avait eu l'impression qu'une main divine retenait la sienne. Et depuis qu'elle était là, dans son salon, il avait commencé à se prendre pour elle d'une certaine affection.

D'abord, il la trouvait très belle. Il est vrai que les catcheurs professionnels à la retraite n'ont pas la réputation d'avoir le goût artistique le plus sûr. N'empêche qu'elle lui plaisait beaucoup. Contrairement à certaines statues de la Vierge aux vêtements trop amples, celle-ci avait une taille — pas très fine, mais une taille qui se voyait — et une poitrine qui ressortait un peu en deux masses et non comme l'unique renflement informe des statues ordinaires. Le visage était beau, avec des lèvres épaisses et n'avait aucunement l'allure maladive des autres statues de la Vierge.

— C'est ça, se dit Gaby Théroux après avoir longuement cherché comment la décrire : elle a l'air en bonne santé.

Chaque fois qu'il passait près d'elle, il lui caressait l'épaule ou la joue. Une fois, même, il lui donna une petite tape sur les fesses.

— Essaye donc de me les montrer, pour voir.

En cela il fut déçu : Notre-Dame des Roses ne bougea pas chez lui. Mais l'essentiel était que, créature du diable ou œuvre de Dieu, elle était dans son salon, hors d'état de nuire. Et, pour bien s'assurer qu'elle ne bougerait plus (ou qu'il la verrait si elle remettait ça), il l'emportait avec lui quand venait le moment d'aller au lit.

*   *   *

Monsieur Gauthier entra triomphalement dans la salle à manger de l'hôtel Médaille de bronze, en brandissant son journal. Malheureusement, il n'y avait là personne pour partager son enthousiasme. Il se contenta de s'asseoir et se laissa servir un bol de gruau tiède.

Enfin, un journaliste se montra : le petit jeunot de Radio-Canada. Monsieur Gauthier lui fit signe de s'approcher et de s'asseoir avec lui.

— Vous avez vu *Le Soleil* de ce matin ? lui demanda-t-il en lui tendant le journal sans attendre sa réponse.

Un titre au bas de la première page attira l'attention de Martial Bergevin. « Sondage OPUBEC/Le Soleil : 57 % des Québécois croient aux miracles. »

Un sondage organisé depuis longtemps avait, par hasard ou par miracle, été réalisé le lendemain de son premier reportage sur Notre-Dame-des-Roses. Depuis deux ans, une série de sondages semestriels — réalisés pour occuper les sondeurs et remplir du papier journal — révélait que les miracles soulevaient de plus en plus de scepticisme. Et tout à coup la cote des « phénomènes inexpliqués de nature religieuse » avait fait un bond inattendu. Le journaliste du *Soleil* rapportait les propos d'un éminent psychiatre qui expliquait que pour la première fois un prétendu miracle avait des éléments de crédibilité susceptibles d'ébranler l'absence de foi des non-croyants « mous ».

Martial Bergevin bâilla. Le sondage ne l'intéressait pas particulièrement. Ce n'était pas le cas de monsieur Gauthier.

— Des imbéciles! s'écria l'ex-libraire dès que le journaliste lui rendit son journal. On leur montre, à la télévision par-dessus le marché pour que tous les idiots soient au courant de la vérité, que tout cela n'est que farce et attrape… eh bien, ils y croient quand même. Les bras m'en tombent!

Et il mima le geste éloquemment, en laissant tomber ses bras de chaque côté de sa chaise, ce qui précipita sur le plancher, en plus du journal, une cuiller remplie de gruau si figé qu'il ne se défit pas et roula comme une balle de golf jusque dans un trou de souris à l'autre bout de la salle à manger.

Martial Bergevin fut tenté de lui révéler que l'interview qu'il avait faite avec lui n'avait pas été diffusée. Mais pourquoi décevoir ce pauvre vieux et risquer un nouveau déluge de postillons?

— Puis-je vous faire remarquer, dit-il plutôt, que le sondage a été effectué avant qu'on ait fait votre interview pour la télévision?

— Vraiment? Ah… Mais je parie que ça n'aurait rien changé. Vous allez voir, au prochain sondage, ils seront plus de soixante pour cent, les nouilles. Et la fois suivante, soixante-dix, soixante-quinze, même!

Martial Bergevin laissa monsieur Gauthier continuer de pérorer tout seul pendant de longues minutes. Puis, quand la serveuse lui apporta ses œufs au miroir, il demanda à son vis-à-vis, sur un ton qui n'attendait pas de réponse:

— Vous permettez?

Monsieur Gauthier comprit que le journaliste préférait manger seul, sans se douter qu'il désirait surtout mettre ses œufs à l'abri de son postillonnage intempestif.

— Bon, je vous laisse. À bientôt, j'espère.

*   *   *

Après le petit déjeuner, Martial Bergevin remonta à la chambre de Coco Langlais. Elle était en train de prendre sa douche.

— Ça te dérange si je donne quelques coups de fil?

Il parla d'abord à la recherchiste du *Dix-huit heures pile*, à Montréal. Elle lui donna le numéro de téléphone et l'adresse de Gaby Théroux. Mais elle n'avait les coordonnées d'aucun Rosaire Desrosiers.

Le journaliste fit le numéro de Gaby Théroux: pas de réponse et pas de répondeur.

Il sortit, fit un saut jusqu'au Dépanneur Claudette, mais Floralie Lahaise n'était pas encore levée. «Ça se pourrait qu'elle ait découché», dit sa mère en poussant un profond soupir destiné à montrer qu'elle n'avait aucune intention de monter à l'étage voir si sa fille y était.

Il revint derrière l'hôtel, où la camionnette de Radio-Canada était garée. Il s'assit sur la bordure de béton qui entourait le terrain de stationnement pour empêcher les véhicules aux freins défectueux d'aller prendre un bain dans le fleuve. Il sortit son carnet et griffonna quelques notes pour son prochain reportage.

Coco Langlais arriva peu après.

— Il faut qu'on fasse un petit reportage, dit Martial Bergevin en montrant son carnet. Dix minutes. J'ai tout là-dedans.

*   *   *

Il fit un reportage plutôt bref, dans lequel il expliqua que deux individus — Gaby Théroux, un ex-catcheur de troisième ordre qui luttait maintenant pour le groupement Vive la vie, et un dénommé Rosaire Desrosiers qui avait fait don de cette statue à la paroisse trente-deux ans plus tôt — en avaient chacun commandé une réplique récemment. Au moins l'un des deux avait remplacé la statue originale par une nouvelle. On pouvait même penser que l'autre avait pu faire de même et remplacer une fausse statue par une autre tout aussi fausse.

« Le mystère de la statue de Notre-Dame des Roses, concluait-il, ne s'épaissit plus : il se multiplie. Cette statue est-elle la vraie ? Pour nous le prouver, il faudrait qu'elle bouge. Mais elle refuse de le faire devant notre caméra. Serait-elle encore plus timide qu'indécente ? »

— Je l'envoie à Rimouski ? demanda la caméra-woman lorsque l'enregistrement fut terminé.

Martial Bergevin n'était pas satisfait de son reportage, mais n'avait pas envie de le recommencer et surtout d'admettre qu'il était pourri. Avec un peu de chance, il y aurait du nouveau et il en ferait un autre ce jour-là. Il dit simplement :

— Pas tout de suite. Demande seulement un coursier pour six heures. Comme ça, on aura plus de chances de faire le journal télévisé de dix heures.

Coco Langlais comprit l'astuce : envoyer le reportage trop tard pour qu'il soit retransmis à Montréal avant le *Dix-huit heures pile*, en espérant qu'il serait plutôt diffusé au journal télévisé de fin de soirée, dont la cote d'écoute n'était pas plus élevée, mais qui était beaucoup plus prestigieux.

— D'accord.

*   *   *

Il était presque treize heures lorsque Martial Bergevin revint à l'hôtel pour déjeuner. Monsieur Gauthier était à table et lui fit signe de se joindre à lui. Le journaliste fit semblant de ne pas l'avoir vu et s'approcha de la table occupée par Pierre Germain.

— Vous permettez?

— Bien entendu. Vous avez vu *Le Soleil* de ce matin?

— Oui, monsieur Gauthier me l'a montré.

— L'affaire devient très embarrassante, vous ne trouvez pas?

— En effet.

— Il me semble que nous devrions en profiter pour mettre nos renseignements en commun.

— D'accord. Qu'est-ce que vous savez que je ne sais pas?

Pierre Germain fut décontenancé par la brutalité de la question.

— Aujourd'hui? Rien de bien précis.

Bon prince, Martial Bergevin lui parla des deux copies conformes de Notre-Dame des Roses.

— Un militant de Vive la vie et un philanthrope de campagne, résuma l'ecclésiastique. Je vous remercie de m'avoir mis au courant. Nous sommes les deux seules personnes à faire enquête sérieusement sur cette affaire...

Trois personnes assises à trois tables voisines sourirent en entendant ces paroles, car toutes trois prétendaient elles aussi faire enquête sur cette affaire et tendaient l'oreille en feignant de lire leur journal.

Justin Demers venait tout juste d'arriver dans la salle à manger et s'était assis à la même table que monsieur Gauthier, à qui il avait emprunté *Le Soleil*. Il feuilletait distraitement le journal en écoutant attentivement les propos du prêtre et du journaliste.

Le capitaine Louis-Philippe Lafontaine, du Bureau des enquêtes criminelles de la Sûreté du Québec à Québec, achevait son dessert, assis seul et sans uniforme à une table le long d'un mur. Il avait été envoyé le matin même à Notre-Dame-des-Roses, à la demande du ministre de la Justice, qui avait entendu dire que le Premier ministre s'inquiétait de la tournure des événements. Mais le capitaine Lafontaine avait l'intention bien arrêtée de considérer cette mission comme des vacances et de faire le moins d'efforts possible pour découvrir une vérité qui ne l'intéressait guère. C'est pourquoi il lisait son journal avec plus d'attention que Justin Demers, en n'accordant qu'une oreille distraite à la conversation qui lui parvenait de la table voisine.

Dos à dos avec Louis-Philippe Lafontaine, à la table la plus proche du journaliste et de l'ecclésiastique, un homme au physique imposant achevait son café et ne put s'empêcher de plier son journal et de se tourner vers Pierre Germain lorsqu'il entendit ses propos.

— Y a pas juste vous, dit-il.

Pierre Germain et Martial Bergevin le regardèrent avec étonnement. L'homme prenait tant de place qu'il eut tout juste à tourner un peu sa chaise pour se retrouver assis autant à leur table qu'à la sienne. Il portait une cravate dont le jaune et le bourgogne ne rappelaient aucune des couleurs pourtant fort nombreuses de sa veste à carreaux. D'un coup de reins, il avança encore un peu sa chaise dans leur direction, se trouva assis tout à fait à leur table sans autre forme d'invitation et serra des mains qui n'étaient pas tendues vers lui.

— Je me présente : Rosaire Desrosiers. Moi aussi, j'enquête sur la statue qui... qui bouge.

Il sourit, satisfait d'avoir terminé sa phrase sans dire un gros mot.

— Comme ça, c'est vous, Rosaire Desrosiers ? dit Martial Bergevin.

— Absolument.

— Voulez-vous bien me dire pourquoi vous avez volé — ou pourquoi vous vous apprêtez à voler — une statue que vous avez donnée à la paroisse il y a trente-deux ans ?

— Je l'ai jamais donnée. C'est mon père. Le bureau du Premier ministre m'a demandé de faire enquête sur la statue qui bouge.

— Le Premier ministre lui-même s'intéresse à cette affaire ?

— C'est pour ça qu'il est payé. Ça fait que je vas faire faire des analyses de la statue.

— Est-ce que la statue que vous avez prise avait un orteil cassé ?

Incapable de deviner les retombées d'une réponse positive ou négative, Rosaire Desrosiers répondit prudemment, même s'il savait que sa statue n'avait rien de brisé :

— J'ai pas remarqué.

— Parce que si l'orteil gauche n'est pas cassé, ce n'est pas la bonne statue.

Rosaire Desrosiers se dit qu'il devrait réfléchir longuement à cette histoire d'orteil cassé. En attendant, il préféra changer de sujet :

— Vous vous appelez Martial Bergevin? demanda-t-il au plus jeune de ses interlocuteurs.

— Oui.

— Mon petit doigt me dit que vous allez finir ministre des Communications.

Martial Bergevin ne réagit pas. Il n'avait aucune envie d'occuper ce poste.

— Dites donc, vous avez vu *Le Soleil* de ce matin? demanda encore Rosaire Desrosiers.

— Oui.

— Qu'est-ce que vous en pensez?

— Qu'y a des gens qui ont beaucoup de temps à perdre.

— C'est en plein ce que je me disais.

La serveuse s'était approchée pour prendre la commande de Martial Bergevin, qui prétendit avoir déjà mangé et se hâta de s'éclipser. Il poussa la porte du Panaméricain, s'installa au bar et commanda une bière dans l'espoir de tromper sa faim. Puis une seconde, qui y parvint. Et une troisième, pour se débarrasser de sa soif. Lorsqu'il eut commandé la quatrième, le lieutenant Portelance vint se joindre à lui. Ils s'offrirent mutuellement quelques verres et devinrent rapidement une paire d'excellents amis.

Martial Bergevin n'avait pas l'habitude de prendre plus de trois ou quatre consommations. Mais la bière descendait bien, cet après-midi-là. Il commençait à se sentir agréablement gris. Son travail de la journée était terminé — son reportage était prêt à partir. Et il l'avait conclu de judicieuse façon : en laissant entendre que sa patience — comme celle du public, sans doute — commençait à s'émousser. S'il lui prenait la fantaisie de rentrer à Montréal sans plus attendre, personne ne songerait à lui reprocher d'abandonner son poste. Il ne faudrait pas oublier de téléphoner pour accepter le voyage en Pologne s'il n'était pas trop tard.

Avec le lieutenant Portelance, il parla des graves problèmes des femmes de joueurs de baseball américains transplantées à Montréal, du prix du homard et des orientations sexuelles des joueurs de hockey — tous sujets auxquels ils ne connaissaient rien mais sur lesquels ils se révélèrent tous les deux extrêmement diserts.

Vers seize heures, Rosaire Desrosiers vint se joindre à eux, paya à son tour quelques tournées. Mais ni le lieutenant Portelance ni Martial Bergevin n'avaient la moindre envie de partager son amitié. Malgré ses efforts et le volume impressionnant de son estomac, le nouvel arrivé fut incapable de rattraper l'état d'ébriété du journaliste et partit trois heures plus tard en prétextant que sa femme l'attendait pour souper.

Peu après, ce fut au tour d'Agaric Meunier d'entrer dans le bar. Il était trempé.

— Je vous cherchais, dit-il à Martial Bergevin.

En se penchant vers lui, il déversa le contenu des bords de son chapeau moitié sur son pantalon moitié dans son verre.

— Pourquoi? demanda le journaliste en secouant son pantalon mouillé.

— Elle a recommencé.

— La statue? Floralie était avec vous?

— La petite Lahaise? Non. Je l'ai pas vue. J'étais tout seul. Il pleuvait.

Martial Bergevin se leva, s'empara du téléphone du bar et demanda la chambre seize.

— Es-tu seule? demanda-t-il à Coco Langlais.

— Ça te regarde pas.

— Écoute, on fait encore un reportage. Vite, avant qu'il fasse noir.

— J'arrive.

* * *

Le reportage fut raté. La pluie avait cessé, mais la lumière était grise et donnait une image sale et sombre. Surtout, Martial Bergevin avait trop bu. Cela s'entendait à l'élocution pâteuse, à des effets trop appuyés et à une conclusion confuse:

— Si on peut croire Agaric Meunier, la vraie statue miraculeuse est revenue ici aujourd'hui. Pourquoi pas par ses propres moyens? Ce ne serait pas le moindre des miracles de Notre-Dame-des-Roses.

Il demanda à Coco Langlais de remettre la bande au coursier qui arriverait bientôt. Elle promit de le faire mais s'en abstint et ne remit au coursier que l'enregistrement de la bande du matin.

Le journaliste retourna au Panaméricain. Le lieutenant Portelance n'y était plus. Il prit place sur un tabouret. La barmaid qui commençait son service du soir lui dit qu'il devrait manger quelque chose et lui tendit un verre rempli d'arachides grillées. Il en croqua plusieurs.

— Avez-vous vu le soleil, ce matin? dit enfin la barmaid après avoir essuyé les tables, lavé des verres, marqué sur plusieurs bouteilles le niveau de leur contenu, bref fait tout ce qu'une barmaid doit faire avant de se permettre d'entamer la conversation avec un client qui ne semble pas avoir envie de parler.

— Oui.

— Ça m'a fait penser à un film que j'ai vu quand j'étais petite. On avait une salle paroissiale, dans ce temps-là. C'était à Lourdes ou à Fatima... en tout cas, on aurait dit que le soleil dansait. Mais ça arrive souvent à ce temps-ci de l'année.

Martial Bergevin se demanda un instant comment un journal pouvait danser. Puis il comprit que la barmaid parlait du soleil et non du *Soleil*.

— Savez-vous à qui vous me faites penser? dit encore la barmaid en le regardant droit dans les yeux.

— Non?

— À Agaric Meunier.

Martial Bergevin la regarda fixement pendant de longs instants, en cherchant à deviner de quelle manière il pouvait bien ressembler à cet homme qui avait trois fois son âge.

— Je vois pas, avoua-t-il enfin.

— C'est parce que vous l'avez pas connu il y a vingt ans.

Martial Bergevin fit un bref calcul. Vingt ans plus tôt, Agaric Meunier était déjà dans la soixantaine.

— Comment je lui ressemble?

— Je sais pas. Les yeux, je pense.

Il y avait un grand miroir derrière les bouteilles soigneusement alignées contre le mur. Martial Bergevin se pencha de côté pour se voir derrière la barmaid. Il tenta de s'imaginer vieux. Ce n'était pas facile. D'autant plus que le miroir avait bizarrement tendance à lui renvoyer plus souvent qu'autrement une double image de lui-même. Puis, tout à coup, l'image imaginaire se superposa à sa propre image: il avait des lunettes, une pipe, un chapeau, un visage raviné; il était le portrait tout craché d'Agaric Meunier.

— Vous l'avez bien connu? demanda-t-il pour chasser cette image déprimante.

— C'était l'amant de ma mère.

— Ah bon.

Après quelques instants de réflexion, il se rendit compte qu'elle n'avait pas répondu à sa question : qu'Agaric Meunier ait été l'amant de sa mère ne lui donnait aucun indice sur l'importance de ses rapports avec lui.

— Je l'ai presque pas connu, dit enfin la barmaid comme si elle avait deviné ses interrogations. Il venait chez nous tous les jours. Lui et ma mère s'enfermaient dans la grande chambre. Je restais dans le salon. À Noël, il me donnait un petit cadeau. À Pâques, une poule en chocolat. Puis ma mère est morte et je l'ai revu seulement quand j'ai commencé à travailler ici. Mais je le vois presque jamais. Je travaille juste le soir, au bar. Puis lui, il boit pas.

Martial Bergevin fixa de nouveau son image dans le miroir, au milieu des bouteilles. Il se revit sous les traits d'Agaric Meunier. Une seule chose le gênait dans cette image : la peau tendue sur les os, qui laissait voir le squelette, deviner la tête de mort qui serait un jour la sienne.

Il secoua la tête. Une idée lui vint soudain : se pouvait-il qu'Agaric Meunier soit son père? Un autre bref calcul lui fit observer que, s'ils étaient parents, il serait plutôt son grand-père.

Pour qu'il le soit, il fallait nécessairement qu'il ait été l'amant d'une de ses grands-mères. Sa grand-mère maternelle n'était pas du tout le genre à avoir un amant. Elle était prude, collet monté et habitait une fort digne maison d'Outremont. Mais la mère de son père

165

était une femme moderne, très belle à sa manière, qui pouvait fort bien avoir été tout à fait séduisante dans sa jeunesse. Il ne l'avait pas connue, car elle était morte avant sa naissance. Il l'avait vue seulement sur des photos. Et elle habitait la campagne, quelque part en Gaspésie. Mais cela ne prouvait rien. Peut-être était-ce l'autre grand-mère qui avait eu des amants? Surtout qu'Agaric Meunier avait travaillé dans les chemins de fer lorsqu'il était jeune.

Tout à coup, du coin de l'œil, Martial Bergevin aperçut le vieillard par la porte qui donnait sur le hall de l'hôtel. Il voulut descendre de son tabouret pour le rattraper, mais fit une chute maladroite.

— Grand-papa, murmura-t-il lorsque la barmaid vint l'aider à se relever.

Agaric Meunier avait disparu. Martial Bergevin grimpa tant bien que mal sur son tabouret. Il ne trouvait plus son verre. Il fit signe à la barmaid de lui en servir un autre.

— Non. Aux États, maintenant, tu sais que les bars se font poursuivre quand ils servent des clients qui ont trop bu.

— Moi, j'ai trop bu? s'étonna-t-il.

— Je te fais un café? offrit la barmaid en guise de réponse.

— Pas la peine.

Tandis qu'elle remplissait d'eau la bouilloire électrique, il aperçut un visage à côté du sien dans le miroir, au milieu des bouteilles. C'était celui de Floralie Lahaise, et il fut étonné de ce qu'ils se ressemblent tant, elle et lui. Il lui demanda aussitôt:

— Dis donc, est-ce que... Agaric Meunier, est-ce qu'il est ton grand-père, à toi aussi?

— As-tu cinquante dollars? lui souffla-t-elle à l'oreille pour éviter que la barmaid ne les entende.

Il tira son portefeuille de la poche arrière de son pantalon, l'ouvrit largement pour que la jeune fille constate qu'il contenait plusieurs billets de vingt. Elle tendit les doigts vers les billets.

— Qu'est-ce tu me donnes pour ça? demanda-t-il sur un ton qu'il voulait badin mais qui ne l'était pas tout à fait.

Floralie Lahaise retira sa main. Martial Bergevin leva les yeux vers elle, mais elle était déjà partie et marchait rapidement vers la porte qui s'ouvrait sur le stationnement à l'arrière de l'hôtel.

— Attends-moi, dit-il en remettant son portefeuille dans sa poche tout en s'efforçant de descendre de son tabouret.

Mais il tomba encore. La barmaid contourna le comptoir, se pencha sur lui, l'échancrure de son corsage laissant entrevoir une poitrine tachetée de rousseur.

— Je t'aime, murmura-t-il.

— Oui, oui, on sait ça, dit-elle en croyant que cela s'adressait à elle.

Elle renonça à l'aider à se relever, partit chercher Gilbert Landreville. Mais le temps que l'aubergiste revienne, le journaliste était parvenu à reprendre place sur le tabouret.

Sous le regard inquiet de l'aubergiste et de la barmaid, il avala lentement le café soluble qu'on lui servit. Il regarda sa montre.

— Trois heures moins quart. Il est temps que j'aille me coucher.

Personne ne lui dit qu'il n'était que vingt et une heures quinze à sa montre analogique. Gilbert Landreville l'aida à monter à la chambre de Coco Langlais.

— Tu es seule? demanda le journaliste en poussant la porte.

— Oui.

— Je peux dormir là? Monsieur Landreville est d'accord.

— Oui. J'allais sortir.

Gilbert Landreville le poussa sur le lit. Coco Langlais se contenta de jeter le couvre-lit sur le jeune homme et descendit avec l'aubergiste.

* * *

Martial Bergevin ronflait et empestait la bière. Il ne se réveilla pas lorsque Coco Langlais rentra. Mais il l'entendit, en pleine nuit, se lever et s'habiller.

— Qu'est-ce que tu fais?

— Je vais dormir dans le camion. Tu ronfles comme un poêle à bois.

— Non. Laisse faire, je vais y aller. Donne-moi les clés.

Il se leva en titubant, prit les clés et sortit.

LE PRÉSIDENT décida de faire son jogging en voiture, comme cela lui arrivait deux ou trois fois par année après une nuit blanche. Il n'avait alors ni le temps ni l'énergie de courir ses cinq kilomètres, mais parcourir le même trajet en voiture avait pour effet de l'apaiser sans l'épuiser.

Les agents de sécurité en survêtement le virent monter dans sa limousine et se précipitèrent dans les quatre grosses voitures noires qui leur étaient assignées pour suivre le grand patron.

Le président alluma la radio en espérant ne pas tomber sur des nouvelles au sujet de la sale affaire qui l'avait gardé éveillé toute la nuit et à propos de laquelle il possédait déjà, de toute façon, bien plus de renseignements que les médias n'en auraient jamais.

L'affaire s'était présentée sous le meilleur jour lorsqu'il l'avait autorisée. L'état-major lui avait juré que l'invasion était absolument infaillible — qu'on ne perdrait pas plus d'une demi-douzaine de *marines*, des petits imbéciles sans envergure qui n'auraient pas souvent une si belle occasion de mourir en héros.

Le conseil présidentiel de sécurité l'avait unanime-ment assuré que l'invasion d'une petite île des Antilles, dominée par un dictateur que l'opinion publique amé-ricaine prenait pour un communiste depuis qu'il avait nationalisé les bananeraies de la Ripe Eagle Fruit, sti-mulerait infailliblement une cote de popularité qui subissait depuis quelques mois des hauts et des bas inquiétants, coïncidant avec ceux de l'indice Dow-Jones. Sans compter que le dictateur avait eu le culot de menacer d'exécuter trois agents de la CIA accusés de trafic de drogue.

Les premiers *marines* qui devaient pénétrer dans la villa du dictateur étaient sûrs de pouvoir présenter des preuves tangibles de son implication personnelle dans le narcotrafic. Ils transportaient à cette fin cinquante kilos de cocaïne — en plus des œuvres complètes de Lénine ainsi qu'un buste de Staline pour les photos compromettantes.

Le succès de l'opération était assuré : on en avait réussi de semblables par trois fois, deux sous le prédé-cesseur du président actuel et la dernière au cours de sa propre administration.

On n'avait négligé qu'une chose : la météo. Les météorologues avaient pourtant prévenu l'état-major de l'éventualité d'une tempête tropicale hâtive. Mais il n'y avait jamais eu d'ouragan si tôt en cette saison de-puis 1937. On avait donc passé outre.

La tempête avait été d'une rare violence, au moment même où les *marines* prenaient place dans les péniches de débarquement, dont l'une s'était renversée. Deux destroyers s'étaient éperonnés. L'un avait sombré, l'autre donnait de la bande et on s'efforçait d'en éva-cuer l'équipage avant de le saborder plutôt que de le laisser s'échouer sur une côte ennemie. Les parachutistes qui entouraient le palais du dictateur étaient encerclés par les troupes de celui-ci. Comble de malheur, personne ne savait plus où étaient passés les cinquante kilos de cocaïne.

Bref, c'était la catastrophe. Et la présidente était, par-dessus le marché, d'une humeur massacrante parce que leur fille avait découché pour la deuxième fois en huit jours.

Pour se distraire plus que pour se renseigner, le président avait donc allumé la radio à sa station préférée, spécialisée dans la musique *country*. Manque de pot, il tomba sur la fin des nouvelles. Mais, heureusement, on en était à la petite dernière avec laquelle les radios américaines aiment faire sourire leurs auditeurs après leur avoir décrit toutes les catastrophes naturelles ou artificielles qui se sont abattues sur leur pays depuis la veille. Un journaliste racontait que, dans un petit village du Québec, des gens affirmaient avoir vu une statue de la Bienheureuse Vierge Marie qui montrait son derrière.

Cela fit sourire le président trois heures plus tard. En sortant du bureau ovale, il dut affronter la presse surexcitée. Il refusa de répondre à la moindre question et préféra s'en sortir par une pirouette, à peu près textuellement traduite ainsi et prononcée sur le ton mi-badin, mi-vulgaire qu'il affectait depuis que ses conseillers en communication l'avaient persuadé que c'était celui qui passait le mieux :

— J'ai entendu à la radio, ce matin, que la Vierge Marie montrait son cul quelque part en France. Si vous pensez, messieurs, que vous allez voir le mien ce matin, vous vous trompez : je vais le garder bien couvert. Mais cela ne veut pas dire que personne ne va se faire taper sur les couilles.

Les journalistes rirent poliment, et deux des trois grands réseaux de télévision inclurent cette repartie dans leur journal du soir. C'est ainsi que Notre-Dame des Roses fit plus ou moins parler d'elle à la télé américaine.

LE LIEUTENANT PORTELANCE

aimait presque tout de son métier de policier. Il aimait diriger des hommes, donner des ordres, enquêter, s'exercer au tir, poursuivre des ivrognes en voiture, remplir des rapports et des procès-verbaux. Mais il détestait faire des arrestations, qui étaient pourtant le couronnement naturel d'une enquête réussie. Même lorsqu'il avait affaire à un conducteur en état d'ébriété qui se débattait et auquel il était bien forcé de passer les menottes, il se sentait gêné, comme s'il accomplissait un acte contre nature en immobilisant un individu capable de faucher une demi-douzaine de piétons innocents. Mais essayez donc d'être policier sans jamais arrêter personne!

Comble de frustration, le lieutenant Portelance se trompait presque toujours sur la manière dont les gens réagissaient à leur arrestation. Les innocents, sans doute parce qu'ils se savaient soupçonnés et n'avaient aucune raison de le cacher, semblaient s'attendre à être arrêtés et avaient presque toujours une tête de coupable. Tandis que les coupables, sentant le besoin de montrer sans retard qu'ils étaient innocents, feignaient la surprise avec un art consommé. Et le lieutenant Portelance était souvent étonné d'apprendre que telle personne qu'il avait arrêtée et dont les protestations d'innocence lui avaient paru convaincantes était finalement condamnée, tandis que des gens qui prenaient une lamentable tête de coupable au moment de leur arrestation se révélaient innocents.

Résigné à accomplir une fois de plus ce devoir suprêmement désagréable, le lieutenant Portelance s'approcha de la camionnette de Radio-Canada où Jacqueline Langlais lui avait dit qu'il trouverait Martial Bergevin. Un coup d'œil à l'intérieur lui confirma que le journaliste était bien là. Il dormait tout habillé, sans avoir tiré les rideaux, ce qui ne prouvait rien dans un sens ni dans l'autre, quoiqu'il soit impossible de prévoir ce qu'un avocat de la défense ou un procureur astucieux pourrait tirer de ce détail au cours d'un procès. Le lieutenant Portelance prit donc bonne note de ce que le journaliste avait tous ses vêtements.

Il commença par frapper sur la tôle. Le journaliste ouvrit la bouche, sembla s'agiter quelque peu mais garda les yeux bien fermés. Le policier frappa encore, sans plus d'effet. Il eut un geste vague à l'endroit d'un des agents postés derrière lui, qui crut qu'on lui demandait d'enfoncer la porte arrière. Ne sachant trop comment enfoncer une portière de camionnette, l'agent eut la présence d'esprit de commencer par tourner la poignée, et la porte s'ouvrit sans difficulté.

Martial Bergevin regarda sa montre : huit heures. Il faisait jour dans la camionnette. Huit heures du matin, donc. Il tenta un rot pour se libérer l'estomac. Mais rien ne sortit. La tête lui faisait mal à mourir.

— Monsieur Bergevin, fit la voix du lieutenant Portelance.

Pourtant, la veille, le policier lui donnait du «Martial» gros comme le bras. Martial Bergevin ouvrit l'autre œil.

— Oui? dit-il sur le ton de la plus innocente surprise, qui ne fit que renforcer les soupçons du policier à son endroit.

— J'aimerais vous parler.

La veille, ils se tutoyaient comme s'ils avaient pêché le crapet-soleil ensemble.

Martial Bergevin se souleva, se passa la main dans les cheveux pour essayer d'avoir l'air coiffé, se regarda par-dessus le dossier dans le rétroviseur de la camionnette. Il avait le teint verdâtre, mais c'était peut-être l'effet de la lumière du matin filtrée par le feuillage des peupliers.

Il sortit au soleil aveuglant d'une belle matinée d'été. Le lieutenant Portelance était là, en uniforme, avec deux autres agents.

On ne passa pas les menottes à Martial Bergevin, mais celui-ci eut l'impression que le lieutenant Portelance lui faisait une faveur.

— Où allons-nous? demanda-t-il en suivant les trois agents sur la plage.

— Vous verrez bien.

Derrière le presbytère, une petite pointe sablonneuse recouverte de galets s'avançait d'une cinquantaine de mètres dans le fleuve. Dès qu'ils s'en approchèrent, Martial Bergevin aperçut au loin plusieurs silhouettes.

— Qu'est-ce qui s'est passé?

Aucun des policiers ne répondit. Les silhouettes se précisaient. Il y avait là d'autres agents en uniforme et des gens en civil — tous des hommes ou du moins des gens en pantalon. Plusieurs étaient penchés, comme pour examiner un corps étendu sur la plage.

— Quelqu'un s'est noyé?

Le lieutenant Portelance laissa le soin de répondre à un homme dont les tempes grises pouvaient faire croire qu'il était un policier haut gradé, mais dont le chapeau mou affaissé et l'imperméable fripé tendaient à prouver le contraire à quiconque n'était pas familier avec Maigret ou Columbo.

Louis-Philippe Lafontaine se contenta d'émettre un grognement. En avançant le cou, Martial Bergevin aperçut au milieu du groupe deux pieds nus, appartenant à un corps étendu sur le ventre.

— Qui c'est?

Le lieutenant Portelance ne répondit pas plus qu'à ses questions précédentes. Mais Martial Bergevin devina.

— La petite Lahaise?

C'était elle, étendue sur le sable, nue. Sur son postérieur, quelqu'un avait barbouillé un rectangle avec un gros stylo rouge.

Il s'avança encore de quelques pas pour voir le visage de la jeune fille. Elle avait un bandeau de diachylon collé sur les yeux et un autre sur les lèvres. Une large blessure bleutée lui couvrait la tempe.

— Où étiez-vous la nuit dernière? demanda alors le lieutenant Portelance.

La question prit Martial Bergevin au dépourvu. Il ne tarda pas à en saisir l'importance.

— Attendez un peu. J'ai pris un verre avec vous. Après ça, je suis resté au bar jusqu'à trois heures, à peu près.

— Neuf heures moins quart, corrigea le lieutenant.

— J'ai regardé ma montre.

— J'ai deux témoins qui affirment qu'il n'était pas neuf heures quand vous êtes monté à la chambre de Jacqueline Langlais.

— Si vous savez tout, vous devez savoir à quelle heure elle m'a mis à la porte.

— Minuit et demi, d'après elle. Quelqu'un d'autre vous a-t-il vu entre le moment où vous êtes sorti de la chambre et le moment où je vous ai réveillé?

—J'avais beaucoup bu, je ne me souviens pas très bien.

Le lieutenant Portelance hocha la tête, comme si ce trou de mémoire aggravait le cas du journaliste.

— Vous ne croyez quand même pas que c'est moi qui...

Ce fut Louis-Philippe Lafontaine qui répondit, sans regarder Martial Bergevin dans les yeux:

— Pour l'instant, je ne suis sûr de rien.

— De quoi elle est morte?

— Elle a reçu un coup sur la tête. Mais elle est peut-être morte noyée. On l'a retrouvée le visage dans l'eau. La marée a baissé, depuis.

— À quelle heure elle est morte?

— Le médecin légiste va nous le dire. D'ici là, j'aimerais que vous restiez à notre disposition. Le sergent Caron va vous accompagner à la chambre du lieutenant Portelance. Ce sera la vôtre en attendant.

— En attendant quoi?

— Qu'on vous libère ou qu'on vous enferme.

— Je peux faire un reportage?

— Non.

— Je peux téléphoner?

— Vous pouvez téléphoner à votre avocat.

— Je voudrais téléphoner à Radio-Canada, à Montréal.

— On l'a fait. Ils envoient du monde.

Louis-Philippe Lafontaine s'éloigna. Martial Bergevin resta debout quelques instants encore à regarder le cadavre de Floralie Lahaise. Il cherchait à réfléchir, à se brancher sur une réaction, une émotion, une conclusion. Mais il se sentait passif, incapable de faire autre chose que demeurer là, les bras ballants, le cerveau vide, l'estomac hésitant entre le simple malaise et le vomissement irrépressible. Le sergent Caron, à côté de lui, commençait à s'impatienter.

— Quand t'auras fini de regarder les petites filles, on pourra peut-être rentrer déjeuner.

Martial Bergevin se retourna avec colère vers le sergent qui souriait bêtement.

— Vous savez ce qu'on fait quand y a plus rien de drôle?

— Non?

— On cesse de rire.

Cela fit bien rigoler le sergent Caron.

DOMITHILDE LACHANCE avait détesté l'abbé Germain dès le moment où il avait mis les pieds dans le presbytère. Elle n'en avait rien dit au curé Gendron, comme elle n'avait rien dit quand son patron l'avait reçu à souper. Et elle avait encore moins compris pourquoi il l'avait invité à loger au presbytère. Mais elle se promettait de lui en parler dès qu'il serait de retour de Rimouski où on l'avait appelé pour aider à reconstituer le budget de sa paroisse, disparu à la suite d'une malencontreuse manipulation informatique.

L'abbé Germain parlait trop bien pour que Domithilde Lachance croie ce qu'il disait. Il avait une tenue trop soignée pour un homme de Dieu. Et il ne vidait jamais son assiette, ce qui était insultant pour la cuisinière et révélait que cet homme-là n'aimait pas beaucoup la vie. Pis encore : depuis que le curé était parti pour Rimouski, il posait mille et une questions sur la maison et sur la vie qu'on menait dans les presbytères de campagne.

Domithilde Lachance était de plus en plus obsédée par une vision d'horreur : l'abbé Germain rêvait de remplacer le curé Gendron. Et il avait une tête à concocter les pires manigances pour parvenir à ses fins.

Il était passé neuf heures lorsqu'elle frappa à la porte de la chambre d'invité. Le curé était tous les matins debout depuis longtemps à cette heure-là, mais pas l'abbé Germain.

— Qu'est-ce que c'est?

— Un homme vous demande.

— Tout de suite?

— Il dit que c'est pressé.

— J'arrive dans cinq minutes.

«Qui cela peut-il être?» se demanda-t-il en s'habillant à la hâte. Cela, en tout cas, avait sûrement un rapport avec les événements de la nuit. Il descendit au rez-de-chaussée où la bonne l'introduisit dans le bureau du curé.

Un homme moustachu, qu'il ne connaissait pas, était assis dans un vieux fauteuil en similicuir, face à l'énorme pupitre de bois foncé. Pierre Germain crut l'avoir vu à l'hôtel, mais n'en était pas tout à fait sûr.

— À qui ai-je l'honneur? demanda-t-il lorsqu'il constata que son interlocuteur n'était pas pressé de se présenter.

— Si vous promettez que ça va rester entre nous, je suis un agent de la Gendarmerie royale, dit l'homme sur le ton de quelqu'un qui ne veut pas en dire plus.

Pierre Germain sentit ses jambes flageoler. Il se laissa tomber dans le fauteuil du curé. La Gendarmerie royale! On ne riait plus.

— Je ne sais pas trop par où commencer...

— Vous faites des confessions sans rendez-vous? demanda l'agent de la GRC.

Pierre Germain regarda son interlocuteur un moment sans comprendre. Puis une hypothèse se présenta à son esprit: se pouvait-il que cet homme soit venu le voir avec la simple intention de se confesser?

— Vous voulez vous confesser?

— Oui.

— Ah bon!

Il aimait mieux ça. Mais il y avait longtemps qu'il n'avait confessé personne. Quinze, vingt ans sans doute. Comment faisait-on, déjà?

— On peut faire ça tout simplement, offrit-il au pénitent.

— Comme vous voudrez.

Il y eut un long moment de silence.

— Alors, vos péchés? demanda Pierre Germain avec une pointe d'impatience.

— J'ai couché avec une femme.

— Vous êtes marié?

— Oui, mais pas avec elle.

Fier de cette pointe d'humour, l'homme avait esquissé un sourire furtif. Mais Pierre Germain n'avait pas envie de rire.

— Vous avez commis d'autres péchés?

— En fait, j'ai couché avec cette femme-là pour des raisons professionnelles. Je suppose que c'est péché quand même?

— Je crois que cela ne change rien à l'affaire, mais ce n'est pas le pire crime de l'histoire de l'humanité.

L'agent se réjouit d'avoir trouvé une oreille attentive parce qu'il avait très envie de partager son secret avec quelqu'un qui ne pourrait le répéter à personne. Il ne put résister à la tentation d'ajouter des détails:

— C'est parce qu'elle est caméraman. J'ai besoin de son film du miracle, vous comprenez?

Pierre Germain comprit que ce moustachu avait baisé avec sa Jacqueline Langlais — ou plutôt son ex-Jacqueline Langlais, mais de voir quelqu'un lui en disputer la possession excitait sa jalousie et lui révélait qu'il ne pourrait pas oublier si aisément l'objet de son coup de foudre. Il ne put retenir un geste d'impatience. L'agent, qui s'apprêtait à expliquer que c'était, en quelque sorte, à la demande du pape qu'il avait couché avec cette femme et que par conséquent c'était sûrement une faute vénielle, hésita avant d'en dire plus.

— D'autres péchés? demanda encore Pierre Germain.

— Non.

L'homme se ravisa aussitôt. Sans doute se disait-il que, tant qu'à se confesser, aussi bien obtenir le pardon de toutes ses fautes.

— J'ai mis un virus dans l'ordinateur du Parti québécois. J'aurais pu refuser, mais j'aurais été muté en Saskatchewan.

Cet aveu, comme le premier, fut prononcé sur un ton qui sembla à Pierre Germain plus empreint de fierté que de contrition.

— C'est tout? demanda encore le confesseur.

— J'ai déshabillé une fille.

— Pour coucher avec elle?

— Elle était morte.

— Vous avez couché avec une morte?

— Non, je l'ai seulement déshabillée.

— Pourquoi?

— Pour la regarder.

— C'est tout?

— Heu... oui.

Le pénitent aurait de toute évidence préféré avouer encore deux ou trois broutilles, mais Pierre Germain n'avait de façon tout aussi évidente pas envie de l'entendre plus longtemps.

— Vos péchés vous sont remis.

— Merci.

L'agent se leva, se dirigea vers la porte.

— Ah oui, ma pénitence ? demanda-t-il en se retournant vers son confesseur.

— Allez seulement voir un médecin pour vous assurer que vous n'avez pas attrapé une maladie ou plusieurs, dit Pierre Germain méchamment.

— Merci, mon père, fit l'agent, reconnaissant de ce conseil judicieux.

LE SERGENT CARON avait un roman policier dans chacune de ses poches. Il en faisait une consommation effrénée, sans jamais se poser la question qui est censée passionner les lecteurs de ce genre littéraire : «Qui est l'assassin ?» Il ne lisait des policiers que parce qu'il était policier. S'il avait été fleuriste, il aurait lu des romans à l'eau de rose. Mais des polars, cela faisait plus sérieux pour un policier qui avait beaucoup de temps à perdre parce que ses supérieurs ne lui donnaient jamais de tâches compliquées. En le voyant le nez constamment plongé dans ce genre de livre, ils pouvaient imaginer qu'il portait à son métier un intérêt réel.

Il ouvrit la porte de la chambre du lieutenant Portelance, laissa passer le journaliste devant lui et examina le mobilier sans franchir le seuil. Il fit «tsut-tsut» du bout des lèvres pour marquer son insatisfaction, ressortit et revint avec un fauteuil capitonné, plus confortable que la chaise droite placée à côté du lit, et inexplicablement affecté à meubler le couloir où personne n'était jamais susceptible de s'asseoir.

Il sortit quatre Série Noire, en choisit un, posa les autres sur la table de chevet, à côté du fauteuil, où il se laissa tomber.

Martial Bergevin s'assit sur le lit.

Il prenait graduellement conscience du sérieux de sa situation. Des bribes de sa conversation trop amicale de la veille avec le lieutenant Portelance lui revenaient. Il avait dit quelque chose comme : « Pour réussir dans ce métier, il ne suffit pas d'être au bon endroit au bon moment, il faut aussi être prêt à créer l'événement. » De plus, Gilbert Landreville avait sûrement su qu'il avait couché avec Floralie Lahaise et avait presque aussi sûrement communiqué ce renseignement à la police.

Quant au mobile, était-il nécessaire d'en trouver un lorsqu'une jolie fille était assassinée à une époque où tant d'hommes tuaient tant de femmes sans raison ?

*   *   *

Depuis une bonne heure, le sergent Caron n'avait pas une seule fois levé le nez de son roman policier. Martial Bergevin commençait à s'ennuyer.

— Vous avez le journal ?

Le policier pointa le nez en direction de la corbeille à papier. Le journaliste se leva, ramassa *Le Soleil*, le déplia. Le sondage publié en première page lui révéla qu'il s'agissait du journal de la veille. Il fut tenté de demander au sergent s'il pouvait avoir *Le Soleil* du jour. Mais comme il n'avait vu que la première page de celui-là, il décida de le parcourir rapidement.

Il s'arrêta à une annonce, qui occupait toute la septième page. L'illustration représentait le visage d'une jeune femme, avec une main sur les yeux et l'autre sur la bouche. Le titre : «Floralie, s'il-te-plaît...»

Au bas de l'annonce, une signature : «Groupement Vive la vie». Sous la signature, une adresse précédée de la mention «Veuillez faire parvenir vos dons par chèque visé».

La veille, on lui avait demandé deux ou trois fois s'il avait vu *Le Soleil*. Il avait cru qu'on ne lui parlait que du sondage sur les miracles ou, en une occasion, de l'astre solaire. Jamais il n'aurait pu imaginer que quelqu'un — et à plus forte raison un groupe de personnes — serait assez tordu pour payer une pleine page demandant à Floralie Lahaise de ne plus rien voir et de fermer sa gueule.

Il regardait l'annonce depuis une bonne minute lorsqu'il fit enfin le lien avec le diachylon collé sur le visage de Floralie Lahaise. «Le meurtre est signé», songea-t-il. Puis il se ravisa. Au contraire, qui aurait été assez stupide pour s'y prendre de cette manière ?

La police pouvait croire qu'il avait lui-même cherché à détourner les soupçons en mettant du diachylon sur le visage de Floralie Lahaise. Et il ne convaincrait jamais personne qu'il n'avait pas vu cette annonce, après avoir affirmé à plusieurs reprises, la veille, qu'il avait vu *Le Soleil*.

Il resta étendu sur le lit et s'efforça, malgré son mal de bloc, à réfléchir à la situation.

La meilleure façon de se tirer de ce mauvais pas était de découvrir l'identité du véritable assassin. Mais comment faire en étant enfermé dans cette chambre ?

Vers onze heures, on frappa à la porte. Le lieutenant Portelance entra avec Luc Cournoyer, adjoint au producteur du *Dix-huit heures pile*. Martial Bergevin resta sur le lit, tandis que ses visiteurs restaient debout.

— Je suis venu le plus vite que j'ai pu, dit Luc Cournoyer.

— Je vois ça.

— As-tu un avocat?

— Vous allez m'en fournir un?

— Non. Ce n'est quand même pas en tant que journaliste que tu es détenu.

— Ah bon.

Luc Cournoyer semblait mal à l'aise.

— Il y a autre chose?

— Tu vas probablement être suspendu jusqu'à nouvel ordre.

Martial Bergevin accueillit la nouvelle avec indifférence. Qu'est-ce que ça pouvait bien lui faire, qu'on le suspende ou non?

— Vous avez envoyé une nouvelle équipe? demanda-t-il en faisant un effort pour montrer qu'il lui restait un brin de curiosité professionnelle.

— Seulement une journaliste, pour l'instant. Elle travaille avec la fille de Rimouski.

— C'est qui, la journaliste?

— Marie-Claire Labelle. Finalement, j'ai décidé qu'on a trop besoin d'elle ici pour l'envoyer en Pologne.

Martial Bergevin ne sourcilla pas.

— Elle va bien s'amuser.

— Une dernière petite chose… dit encore Luc Cournoyer.

«Quoi encore?» se demanda Martial Bergevin, pas tout à fait convaincu que rien de pire ne pouvait lui arriver.

— La police a saisi tous tes reportages. À Montréal et ici.

— Et puis?

Luc Cournoyer regarda le lieutenant Portelance comme pour savoir s'il pouvait parler. Celui-ci ne broncha pas.

— Ils ont celui que tu as fait hier après-midi.

Ce fut tout. Luc Cournoyer serra la main de son subordonné et partit avec le lieutenant.

*   *   *

Martial Bergevin se sentit trahi. Il passa une bonne demi-heure à essayer de se souvenir de tout ce qu'il avait pu dire pendant son dernier reportage, la veille. Mais il avait alors déjà beaucoup bu. Au mieux, il avait fait un reportage qui prouvait simplement qu'il était saoul comme un cochon. Au pire, il avait dit quelque chose de plus incriminant encore.

— Dites donc, demanda-t-il au sergent Caron qui ne daigna pas lever le nez de sa lecture, vous êtes de Rimouski?

— De Pointe-au-Père. C'est à côté.

— Vous devez connaître les avocats de Rimouski?

— Oui.

— Si vous étiez innocent, qui est-ce que vous prendriez?

Le sergent Caron réfléchit à peine avant de répondre:

— Je sais pas. Mais moi, à votre place, je prendrais Serge Raymond.

Martial Bergevin s'empara de l'annuaire du téléphone.

SERGE RAYMOND se considérait comme le symbole même de la réussite. Réussite professionnelle enviée de tous, vie familiale exemplaire, estime de ses contemporains. Surtout, depuis deux ans, invitations des politiciens de tous les bords et de tous les niveaux qui voulaient le recruter comme candidat pour leur parti. Il avait remis à plus tard son entrée en politique. En attendant, il jouissait, comme avocat de la défense, de l'avantage d'être ménagé par des procureurs impressionnés d'avoir comme adversaire un éventuel ministre de la Justice.

Bref, il se trouvait, comme il se le disait souvent, «pris dans le délicieux engrenage du cercle vicieux de la réussite».

Il n'avait qu'un problème: il faisait de l'eczéma, ce qui le rendait souvent nerveux et irritable — ou du moins il croyait que, s'il était nerveux et irritable, c'était à cause de son eczéma.

Pour essayer de cacher cette tache sur sa perfection, il ne serrait jamais de main. Il donnait l'accolade, embrassait sur la joue, serrait un bras, était même prêt à enfoncer sa langue dans la bouche d'un criminel endurci plutôt que d'avoir à lui tendre la main.

Lorsqu'il pénétra dans la chambre occupée par Martial Bergevin, il opta pour l'accolade. Son nouveau client sortait de la salle de bains et était debout. Ils étaient de la même taille, et l'avocat le serra longuement dans ses bras. Quand on fait deux cents dollars l'heure ou la fraction d'heure, chaque minute compte.

Martial Bergevin sentit son inquiétude croître encore en se faisant embrasser comme s'il était sur le point de monter à l'échafaud.

— Mon cher, comptez sur moi! s'écria enfin l'avocat. Nous allons vous sortir de ce mauvais pas d'ici quelques jours — quelques semaines tout au plus.

L'entretien fut bref, car l'avocat se souvint qu'il avait un autre client à voir. La question des honoraires fut rondement menée. Maître Raymond, dans le cas d'un client-vedette comme ne pouvait pas manquer de le devenir Martial Bergevin, offrait un tarif spécial, particulièrement alléchant pour l'accusé : dix mille dollars, moins un pour cent du total des honoraires bruts touchés par l'avocat pendant les trois cent soixante-cinq jours suivant l'issue du procès.

— Si le procès a le retentissement que je prévois, je ne serais pas étonné qu'il ne vous coûte pas un sou, que vous soyez condamné ou non.

— Et s'il n'y a pas de procès?

— N'ayez crainte, j'y veillerai.

Martial Bergevin voulut raconter sa version des faits, mais l'avocat l'interrompit.

— Ce n'est pas le moment. Collaborez avec la police dans la mesure où vous ne vous rendrez pas plus coupable que vous ne l'êtes déjà, et tout se passera très bien.

Le journaliste obtint à peu près la même réponse lorsqu'il tenta d'exposer ses problèmes avec Radio-Canada.

— S'il y a lieu — et il y aura sûrement lieu —, nous poursuivrons pour rupture de contrat, dommage à la réputation, abandon injustifié d'un subordonné en service commandé loin de son lieu normal de travail, et plus encore. Faites-moi confiance.

Déjà, l'avocat se relevait, donnait de nouveau une tendre accolade à son client et quittait la chambre aussitôt réoccupée par le sergent Caron et ses polars.

*   *   *

À midi, le sergent accompagna le journaliste à la salle à manger.

Coco Langlais vint s'asseoir avec eux quelques instants.

— Excuse-moi, dit-elle, je n'ai même pas pensé à mentir au sujet de l'heure. Est-ce que je pouvais savoir que tu avais tué cette fille?

— Je ne l'ai pas tuée!

— Oui, oui, dit-elle comme pour éviter de contredire un enfant entêté. En tout cas, au procès, j'essaierai d'être moins catégorique. Mais il faut que je te quitte. Je travaille avec Marie-Claire Labelle. On te fait une couverture dont tu vas être fier. Ne manque pas le *Dix-huit heures pile*.

— Mais...

— Je suis en retard. Salut!

Le sergent Caron expliqua à Martial Bergevin que, maintenant qu'il était sous la protection de la Sûreté du Québec, il n'aurait à payer ni sa chambre ni ses repas, à condition de prendre la pension complète, ce qui lui donna droit à des fèves au lard dans lesquelles le lard brillait par sa rareté. À la table voisine, Agaric Meunier, seul comme toujours, mangeait du poulet rôti. Martial Bergevin se mit à l'envier, puis s'étonna d'avoir pu si rapidement, lui, ex-future vedette de la télévision, s'être mis à envier ce vieillard à moitié édenté, pour la simple raison qu'il mangeait du poulet.

Il demanda à son gardien la permission de commander un verre de bière et du jus de tomate, histoire de se replacer l'estomac. Le sergent Caron accepta de bonne grâce, pourvu que le journaliste règle lui-même cette consommation.

— Mais le jus de tomate est au menu du jour, ça fait que c'est gratuit, précisa le policier sur le ton humble et généreux de mère Teresa distribuant du pain à des Calcuttais privés de riz depuis des mois.

— Merci beaucoup, dit Martial Bergevin en feignant la plus sincère gratitude.

— Ça me fait plaisir, dit le sergent Caron, convaincu qu'il méritait une reconnaissance éternelle.

Rosaire Desrosiers passa par là, vint serrer longuement la main de Martial Bergevin, lui parla comme on peut parler à quelqu'un qui vient de se faire prendre sur le fait, devant une douzaine de caméras de télévision, à assassiner le président des États-Unis.

Le capitaine Lafontaine passa lui aussi, en coup de vent, et lui demanda:

— On vous traite correctement?

— Ça va, répondit Martial Bergevin.

— Est-ce que j'ai été clair? Vous avez parfaitement le droit de refuser cette détention prohibitoire.

— Quoi? Je ne suis pas obligé de rester enfermé avec le sergent Caron?

— Rien ne vous force à le faire. Mais, bien entendu, si vous refusez, je vous arrête et je vous inculpe de meurtre.

— Je comprends: si je refuse d'être arrêté, vous m'arrêtez.

— C'est à peu près ça, murmura en souriant Louis-Philippe Lafontaine.

*   *   *

Martial Bergevin remonta à la chambre. Il avait dû perdre son calepin dans la camionnette, faillit demander au sergent Caron s'il pouvait aller le lui chercher, se ravisa lorsqu'il songea que le calepin pouvait être ailleurs — sur la plage, par exemple — ou être incriminant de toute autre manière puisque tout semblait l'être.

Il demanda plutôt une feuille de papier et se mit à dresser la liste des suspects possibles.

Le groupement Vive la vie. Une bande de maniaques, prêts à tout pour faire cesser ce qu'ils appelaient des «miracles blasphématoires» et pour se venger de Floralie Lahaise, dont on racontait qu'elle s'était fait avorter. Bien entendu, on pouvait prétendre qu'ils étaient trop évidemment suspects pour être soupçonnés. Mais avec des gens pareils, on pouvait s'attendre à tout.

Pierre Germain. Suspect pour des raisons obscures, mais surtout parce que Martial Bergevin le soupçonnait d'être lui aussi un peu malade aux entournures. Peut-être Floralie Lahaise lui avait-elle fait des avances qu'il aurait repoussées d'un coup de pierre sur le crâne. À moins que ce n'ait été le contraire : Pierre Germain aurait essayé de tripoter Floralie Lahaise ; elle se serait défendue ; il l'aurait tuée, volontairement ou non.

Rosaire Desrosiers. Pourquoi pas ? Il était presque aussi bizarre que Pierre Germain.

Le lieutenant Portelance. Lui aussi avait beaucoup bu, la veille. Il pouvait avoir tenté de séduire la jeune fille sur la plage et lui aurait flanqué une pierre sur le crâne parce qu'elle lui aurait dit qu'elle préférait les journalistes aux policiers. Cela expliquerait son acharnement à le désigner, lui, comme coupable.

Coco Langlais. Il n'était pas absolument impensable qu'elle ait pu se quereller avec Floralie Lahaise au sujet de quelque amant — peut-être de lui, encore — et elle était assez robuste pour abattre n'importe qui d'un coup de caillou.

Gilbert Landreville. Des tas de raisons pouvaient pousser un aubergiste à se quereller avec une jeune fille aux mœurs légères, et même à préméditer son meurtre. L'avortement de Floralie Lahaise pouvait avoir été le résultat de sa paternité et madame Landreville n'aurait pas apprécié la chose. À moins que madame Landreville elle-même n'ait tué la maîtresse de son mari ?

La barmaid du Panaméricain. Une autre histoire de jalousie. Agaric Meunier avait été l'amant de sa mère et il était le seul, avec Floralie Lahaise, à avoir vu bouger la statue de Notre-Dame des Roses. Il pouvait y avoir un lien entre ces deux faits.

Incapable de le trouver, mais rassuré par une si longue liste de concurrents au titre d'assassin de Floralie

Lahaise, Martial Bergevin roula la feuille en boule et la lança dans la corbeille.

Il se releva, reprit la feuille, la lissa sur le bord de la table et retourna s'étendre sur le lit.

Tout à coup, les larmes lui montèrent aux yeux. Pour la première fois depuis le matin, il venait de songer à Floralie Lahaise et s'en voulait de l'avoir si vite chassée de son esprit pour ne penser qu'à ses petits ennuis à lui. Elle était morte, elle. À quinze ans. Une fille belle — et forte à sa manière. Une fille qui avait follement envie de vivre, même si Notre-Dame-des-Roses n'était peut-être pas l'endroit idéal pour s'épanouir.

Elle était morte, assassinée par il ne savait qui, il ne savait pourquoi. Il s'était passé des heures avant qu'il ne pense à elle. Il eut honte. Il se promit de faire l'impossible pour la venger. Même s'il n'avait pas la moindre idée de la manière dont il pourrait réaliser cette résolution, cela le consola assez pour que les larmes s'arrêtent.

— Rhume des foins? demanda le sergent Caron en l'entendant se moucher.

— Oui, ça doit être ça.

MARIE-CLAIRE LABELLE s'était contentée de hausser les épaules modestement, les premières fois qu'elle s'était entendu qualifier de «future Denise Bombardier».

Mais cela ne l'avait pas flattée longtemps. Le haussement d'épaules avait bientôt fait place à un sourire pincé qui n'était pas sans rappeler celle qu'on l'accusait d'imiter, et enfin à un geste agacé de la main comme si on pouvait balayer une insulte de la même manière qu'on chasse un moustique.

Cette comparaison, qu'elle jugeait désobligeante même si elle ne l'était guère plus d'une fois sur deux dans l'intention des gens qui la faisaient, venait avant tout d'une ressemblance physique réelle : même menton anguleux, constamment pointé vers ses interlocuteurs pour annoncer le désir de les interrompre à la première occasion ; mêmes épaules osseuses, dressées dans une perpétuelle expression de scepticisme ; même regard sévère, incapable de devenir expressif sinon pour manifester le courroux.

Cela n'empêchait pas Marie-Claire Labelle d'être jolie. Elle était même, à bien y penser, séduisante. Mais voilà : pour s'en rendre compte, il fallait bien y penser et faire abstraction des tailleurs chics et coûteux qu'elle affectionnait et qui devenaient infailliblement sur elle plus extravagants qu'élégants.

Purement physique à l'origine, la comparaison avec la célèbre journaliste devenait essentiellement professionnelle à mesure que Marie-Claire Labelle s'affirmait dans son métier et se désintéressait du journalisme d'enquête pour se transformer en spécialiste du journalisme de procès.

Alors que Martial Bergevin, tout aussi ambitieux qu'elle, posait des questions dans le but d'obtenir des réponses, Marie-Claire Labelle excellait dans l'art de terminer ses questions par : «Vous ne croyez pas ?»

Elle avait même, secrètement pendant trois pages puis publiquement parce qu'elle était elle-même son sujet de conversation préféré, commencé un roman qu'elle imaginait érotique, même si ses descriptions de l'orgasme féminin étaient inspirées d'autres auteures, dont plusieurs n'en avaient pas plus qu'elle fait l'expérience.

— Comment va le roman ? lui demanda Martial Bergevin, sur un ton à mi-chemin entre la moquerie et l'amitié lorsque sa collègue pointa le menton par la porte entrouverte.

Marie-Claire Labelle haussa les épaules plus haut que les oreilles et s'apprêta à affronter le sergent Caron qui, en gardant un pouce dans son roman policier pour ne pas perdre sa page, s'avançait vers elle.

— Pas de visite, dit le policier en s'efforçant de refermer la porte.

Mais Marie-Claire Labelle avait déjà mis un pied dans l'ouverture. Un long pied, protégé par une grosse chaussure mauve garnie de jaune. Et la porte ne se referma pas.

— Ce n'est pas pour une visite. Je suis Marie-Claire Labelle, de Radio-Canada, et je suis ici pour des raisons professionnelles.

— Le capitaine a dit «pas d'interviews», protesta encore le sergent Caron.

— Je ne veux pas faire une interview, je veux seulement poser quelques questions à un confrère. La liberté de presse, ça existe encore, vous ne croyez pas?

Martial Bergevin s'était levé et s'apprêtait à appuyer le policier en affirmant qu'il n'avait rien à dire à sa collègue. Mais l'agent, intimidé, abandonna la lutte:

— Je vous donne cinq minutes. Pas une seconde de plus.

— Je l'apprécie, dit Marie-Claire Labelle sur le ton de quelqu'un à qui on vient de reconnaître un droit inaliénable.

Le sergent sortit et laissa les deux journalistes debout l'un devant l'autre. Marie-Claire Labelle attendit un moment que Martial Bergevin l'invite à s'asseoir. Il n'en fit rien.

— C'est sérieux, cette histoire? demanda-t-elle comme s'il avait pu faire une blague de collégien en se faisant accuser de meurtre.

— Il faut croire, dit-il en regardant sa montre dans l'espoir de lui faire comprendre que, même lorsqu'il n'avait rien à faire, il n'avait pas de temps à perdre.

Marie-Claire Labelle ne le remarqua pas. Elle avait l'habitude de voir des gens regarder leur montre quand elle leur parlait et n'avait jamais soupçonné que ce geste machinal visait à lui faire comprendre quelque chose.

— Il paraît que tu as couché avec la victime et que tu n'as pas d'alibi. Ton affaire se présente très mal, tu ne crois pas?

— Si tu es venue pour me dire ça, tu aurais pu laisser faire.

— Je voulais que tu saches que tu peux compter sur mon soutien. Et, si tu as quelque chose à déclarer, je suis en direct à dix-huit heures pile. Je peux transmettre ton message.

— Non. Qu'est-ce que tu veux que je dise?

— Comme tu voudras.

Ils étaient debout, l'un en face de l'autre. Marie-Claire Labelle, qui était un peu plus grande que lui, se pencha pour l'embrasser. Martial Bergevin s'attendait à un baiser machinal et furtif, joue contre joue. Mais cela n'en fut pas tout à fait un. Il avait tourné le visage pour présenter sa joue droite, mais elle tourna les lèvres vers les siennes. Et il sentit sur le coin de sa bouche une trace humide et chaude. Le corps de la jeune femme se pressa contre le sien — brièvement et sèchement peut-être, mais assez pour qu'il sente à travers sa chemise une poitrine dure et haut perchée.

— Bonne chance, dit-elle en s'éloignant.

Lorsqu'elle fut repartie et que le sergent eut repris la lecture de son roman policier, Martial Bergevin s'assit à la petite table et ajouta le nom de Marie-Claire Labelle à sa liste de suspects.

Il savait que cela n'avait aucun sens. Mais cela lui fit du bien quand même.

*   *   *

Martial Bergevin se résigna à observer le paysage qui s'étendait devant lui. Avant, il n'y avait pas fait attention. Pour le regarder, il n'aurait eu qu'à sortir, se déplacer à pied ou en voiture sur les routes ou prendre une barque et suivre le rivage, ce qu'il n'avait pas songé à faire.

Maintenant qu'il se trouvait coincé, incapable de voir plus que ce qu'il y avait à sa fenêtre, il examinait le paysage de long en large, se collant la joue contre la vitre pour voir le plus loin possible vers l'est et vers l'ouest.

Au-delà du terrain de stationnement de l'hôtel, il y avait une rangée de peupliers, plantés pas trop serré comme si le paysagiste avait songé qu'un jour un homme soupçonné de meurtre passerait ses journées à regarder le fleuve entre leurs branches feuillues.

Ce n'était pas vraiment un fleuve qu'il voyait là. C'était la mer, avec son eau salée, ses marées, ses brouillards qui masquaient souvent l'autre rive.

Il se rappela tout à coup un souvenir d'enfance. Il avait sept ou huit ans. Il était allé avec son père et sa mère en visite chez des amis — ou peut-être s'agissait-il de parents éloignés — qui possédaient un chalet sur la rive d'un lac des Laurentides.

C'était l'été et on l'avait envoyé se baigner avec les deux filles des amis ou parents de ses propres parents.

Le lac se creusait rapidement. Martial Bergevin ne savait pas nager, mais il voulut éviter de le montrer devant les filles, dont l'une avait son âge et l'autre était beaucoup plus âgée — quinze ou seize ans.

Il perdit pied sur le fond glaiseux, se retrouva avec de l'eau par-dessus la bouche et le nez. Il toussa, s'affola, s'enfonça encore dans l'eau. Soudain, une main le saisit

fermement par le bras, le tira en arrière. Il leva les yeux :
c'était la fille de quinze ou seize ans. Il ne songea pas à
lui dire merci. Elle ne sembla pas s'attendre non plus à
ce qu'il la remercie.

De retour au chalet, elle ne dit rien de l'incident. Lui
non plus, comme s'il avait été humilié qu'une fille lui
sauve la vie. Mais il avait simplement honte de ne pas
savoir nager comme une fille de quinze ou seize ans.

Maintenant qu'il était debout devant la fenêtre de
cette chambre de l'hôtel Médaille de bronze, à regarder
le fleuve-océan à travers les branches des peupliers, lui
revenait le souvenir de cette fille qui avait l'âge de
Floralie Lahaise et qui lui avait sauvé la vie. Et il était
incapable de ne pas se sentir vaguement honteux et un
peu coupable.

*   *   *

Vers la fin de l'après-midi, le lieutenant Portelance entrouvrit la porte de la chambre.

— D'après le médecin légiste, elle est morte entre
minuit et une heure.

— Ça veut dire que...

— Vous allez probablement être inculpé de meurtre.
Mais ce n'est pas moi qui décide.

Le lieutenant Portelance s'apprêtait à refermer derrière lui la porte dont il n'avait pas lâché la poignée,
pour montrer qu'il avait peu de temps ou pour garder
ses distances.

— De quoi est-elle morte ? demanda Martial Bergevin avant qu'il ne disparaisse complètement.

— Elle a été assommée avec une pierre, mais elle est
morte noyée, fit la voix du lieutenant Portelance tandis
que la porte se refermait.

Il la rouvrit encore :

— Ah oui, je ne sais pas si ça vous intéresse, mais elle n'a jamais eu d'avortement.

La porte se referma pour de bon, avec un bruit métallique qui rappela à Martial Bergevin celui de la porte d'une cellule de condamné à perpétuité.

*   *   *

À dix-huit heures, le sergent Caron alluma la télévision sans que Martial Bergevin le lui demande. L'affaire de Notre-Dame-des-Roses avait la première manchette du *Dix-huit heures pile*, qui commença par un assez long reportage de Marie-Claire Labelle, debout près de la statue. Martial Bergevin reconnut le cadrage préféré de Coco Langlais : d'abord, la statue à gauche avec la journaliste à droite, puis un lent zoom vers le visage de celle-ci. C'était simple et facile, mais efficace.

— Le présumé meurtrier, dit Marie-Claire Labelle, était considéré par beaucoup de gens du métier comme le plus prometteur des jeunes reporters de sexe masculin à Radio-Canada.

— La vache, dit Martial Bergevin à haute voix devant cette peu subtile allusion au fait qu'elle était elle-même incontestablement le plus prometteur des reporters radio-canadiens tous sexes confondus.

Le sergent Caron tourna vers lui un regard interrogateur. Martial Bergevin eut d'autant moins envie de s'expliquer que le sergent n'avait pas une tête à comprendre.

— Je me comprends, se contenta-t-il de murmurer.

— Dans la Maison, continuait Marie-Claire Labelle, tous ceux à qui j'en ai parlé ce matin m'ont dit leur incrédulité. Malgré des preuves accablantes, personne ne veut croire à la culpabilité de Martial Bergevin.

Si elle avait été dans la même pièce que lui, elle serait sûrement morte de strangulation rapide. On aurait juré, tellement elle imitait à la perfection les accents de l'absence totale de sincérité, qu'elle faisait exprès de laisser entendre que son collègue était coupable tout en disant le contraire.

— J'ai pu lui parler quelques instants, dans la chambre d'hôtel où la police le garde sous surveillance constante. Bien entendu, il lui était impossible de parler librement. Mais je l'ai assuré que tous ceux et celles qui le connaissent sont à ses côtés dans ces jours difficiles. Car, même dans la meilleure des éventualités, Martial Bergevin risque d'être accusé de détournement de mineure.

Martial Bergevin se leva et éteignit la télévision plutôt que de lancer un coup de pied dans l'écran.

— On va manger? demanda le sergent Caron.

— Vous pouvez me faire monter quelque chose? J'aimerais mieux être seul.

— Pas de problème, fit le policier en se levant.

Ce fut la barmaid qui vint porter le plat du jour: du riz frit au poulet, froid et sec. Elle déposa le plateau sur le pied du lit et repartit sans perdre un instant, comme si le journaliste allait l'assassiner si elle s'attardait.

Il ne mangea que trois bouchées, puis s'étendit sur le lit et essaya de dormir pour éviter de penser. Lorsque la nuit commença à tomber, le sergent Caron vint chercher le fauteuil sur lequel il avait passé la journée.

— Si vous avez besoin de moi, je vais être dans le corridor.

* * *

À vingt-deux heures, Martial Bergevin était toujours au lit, toujours sans dormir. Il se leva, marcha jusqu'à la fenêtre. La lune, presque pleine, éclairait le fleuve d'une lueur grise à peine bleutée.

Il regardait la scène avec indifférence. Son mal de bloc avait enfin disparu, mais il ressentait au creux de l'estomac un malaise persistant. Lui venait-il des souvenirs de la jeune sauveteuse ou de Floralie Lahaise ou des deux à la fois?

Soudain, il sursauta: un visage parut devant lui, à peine éclairé par la lueur de la lampe de chevet. C'était un visage rond, souriant, familier: celui de Rosaire Desrosiers, qui mit un doigt sur sa bouche.

Martial Bergevin entrouvrit doucement la fenêtre.

— Qu'est-ce que vous faites là? chuchota-t-il.

— Je suis venu vous chercher.

— Pourquoi?

— Parce que, si vous restez là, vous découvrirez jamais l'assassin de la petite.

— Si je m'enfuis, ils vont me soupçonner encore plus.

— Est-ce qu'ils vous ont inculpé?

— Pas encore, si j'ai bien compris. Mais ça ne devrait pas tarder.

— Dans ce cas-là, vous avez le droit de partir. Et vous faites mieux d'y aller tout de suite.

— Par la fenêtre?

— Si c'est la seule façon de partir discrètement.

Martial Bergevin examina le visage de Rosaire Desrosiers. Se pouvait-il qu'il ait comme seul et unique allié cet homme si différent de lui ? Oui : la police l'enfermait, Radio-Canada le laissait tomber, Coco Langlais donnait ses bandes à la police, Marie-Claire Labelle laissait entendre à tout le monde que, même si cela était absolument impossible, il était un assassin doublé d'un sinistre séducteur de petites filles.

— Allons-y.

Il suivit Rosaire Desrosiers sur une échelle branlante.

— Venez par ici, dit son guide en l'entraînant vers sa grosse voiture noire, garée dans le coin le plus sombre du stationnement de l'hôtel.

Il fit monter le journaliste à l'arrière.

— Penchez-vous, y a de la police partout, par ici. Puis j'ai vérifié : ma statue a pas d'orteil cassé.

Il avait dit les deux phrases d'un seul souffle, comme s'il y avait eu un lien entre elles.

*   *   *

Lorsque Martial Bergevin risqua un coup d'œil par la fenêtre de la voiture, il constata qu'ils étaient arrêtés devant le presbytère.

— Qu'est-ce qu'on fait maintenant, patron ? demanda Rosaire Desrosiers.

« Patron ? » Martial Bergevin n'avait pas la moindre envie de devenir le patron de Rosaire Desrosiers.

— Je sais pas. Il faudrait interroger des gens, je suppose. Mais je me demande qui ?

— Il suffit de commencer par le témoin le plus proche.

— Pierre Germain ? dit le journaliste en désignant le presbytère.

— Non : y en a un encore plus proche.

— Vous? Vous savez quelque chose?

Rosaire Desrosiers se cala confortablement dans la banquette. Martial Bergevin sentit que son histoire ne serait pas brève, et qu'il était ravi de la raconter.

— Est-ce qu'ils vous ont dit à quelle heure la petite est morte?

— Entre minuit et une heure.

— C'est bizarre: je l'ai vue morte à minuit moins quart.

— Vous en êtes sûr?

Rosaire Desrosiers ne se donna pas la peine de répondre directement à cette question. Il avait de toute évidence bien plus envie de raconter son histoire à sa manière.

— Vers dix heures, hier soir, je suis revenu au Panaméricain, histoire de faire un brin de jasette avec vous. Mais vous étiez parti. J'ai pris encore deux ou trois bières avec le lieutenant Portelance, qui était déjà pas mal bourré. Un peu après onze heures, la petite Lahaise est arrivée. Le lieutenant Portelance lui a parlé, mais j'ai pas entendu ce qu'ils se sont dit. Ils sont partis. Le lieutenant est revenu peut-être un quart d'heure plus tard. J'ai pensé qu'il venait de tirer une petite vite. Je suis ressorti quelques minutes plus tard. Je me disais que, si la petite avait pas été entièrement satisfaite des services du lieutenant, peut-être que j'aurais une chance de compléter le travail. J'ai fait le tour du village sans la voir. Puis je suis allé du côté de la statue de Notre-Dame des Roses. De là, je l'ai aperçue, sur la grève, la tête dans l'eau. Je suis allé voir. Elle était déjà morte. J'ai regardé ma montre pour prendre son pouls. Il était minuit moins seize exactement. Et j'ai une bonne montre toujours à l'heure, une...

— Vous en avez parlé à la police?

— Un fou dans une poche! J'étais quand même pas pour aller trouver le lieutenant Portelance et lui dire: j'ai trouvé la fille que vous venez d'étrangler sur la plage.

— Qu'est-ce que vous avez fait?

— J'ai toujours dans ma poche un rouleau de diachylon. C'est commode, pour fermer le bec d'un client qui se plaint d'un tuyau qui coule. J'en ai déchiré deux bouts, puis je les ai mis sur les yeux de la petite et sur sa bouche.

— Vous pensiez à l'annonce de Vive la vie?

— Oui. J'aime pas tellement ce monde-là qui dit aux autres quoi faire de leur vie. Je pensais pas leur causer des gros embêtements, mais je sais que, des fois, juste un petit soupçon, des petites phrases de rien à la télévision puis dans les journaux, c'est assez pour couler du monde comme ça.

— Mais pourquoi le cadre rouge sur les fesses?

— C'est pas moi. J'ai seulement mis le diachylon.

— C'est qui, d'abord?

— Il me semble que c'est à vous de le trouver. C'est vous, le journaliste. Moi, je veux bien vous servir de chauffeur, mais faut pas trop m'en demander.

— Venez me reconduire à l'hôtel. J'aime autant rentrer avant qu'on s'aperçoive que je suis parti.

— Comme vous voudrez.

Rosaire Desrosiers fit faire demi-tour à sa grosse voiture dans l'entrée du presbytère. En s'approchant de l'hôtel, ils aperçurent les gyrophares d'une voiture de police qui s'engageait dans le terrain de stationnement.

— J'y vas toujours? demanda Rosaire Desrosiers lorsqu'ils furent à une dizaine de mètres de l'hôtel.

— Non.

— Baissez-vous.

La voiture passa devant l'hôtel, roula pendant quelques minutes, fit demi-tour un peu plus loin, sur ordre de Martial Bergevin qui se prenait, sans s'en rendre compte, pour le patron de Rosaire Desrosiers.

— On retourne au presbytère.

— Oui, patron! dit gaiement son subordonné.

— Qu'est-ce que vous diriez si on parlait à Pierre Germain?

— Je dirais que c'est une maudite bonne idée. Je vas vous le chercher.

Il gara la voiture dans l'entrée du presbytère et revint quelques instants plus tard avec Pierre Germain, qui ouvrit la portière avant.

— Où est le lieutenant Portelance? demanda l'envoyé de l'évêque.

— Je vous ai un peu menti, répondit Rosaire Desrosiers. C'est pas lui qui veut vous parler...

— C'est moi, dit Martial Bergevin en se redressant sur la banquette arrière.

Pierre Germain eut un mouvement de recul.

— Je croyais qu'ils vous avaient arrêté?

— Pas tout à fait. J'ai décidé de faire ma petite enquête, moi aussi. Du presbytère, vous avez peut-être vu quelque chose, la nuit dernière? Est-ce que la police vous a interrogé?

— Non.

— Est-ce qu'elle aurait dû?

Pierre Germain hésita.

— Peut-être.

— Racontez-nous ce que vous savez.

Pierre Germain regarda à droite et à gauche, poussa un soupir, prit place dans la voiture et referma la portière derrière lui.

— Je ne sais pas grand-chose. La nuit dernière, vers onze heures, j'ai entendu des voix, sur la plage. Les voix étaient lointaines et je ne distinguais rien de leurs propos.

— Des voix d'hommes ou de femmes?

— J'ai pensé qu'il y avait un homme et une femme. Mais je ne pourrais jurer de rien. Tout ce que j'entendais, c'étaient des éclats de voix qui me parvenaient de temps à autre, comme si des gens se querellaient. Puis ça s'est tu. À ce moment-là, je suis allé à la fenêtre pour essayer de voir quelque chose. J'ai vu une seule personne — un homme ou une femme en pantalon —, qui marchait sans se presser sur la grève, en direction de l'hôtel. Quelques minutes plus tard, je suis retourné à la fenêtre et j'ai vu passer encore quelqu'un, qui marchait plus rapidement, dans l'autre direction. Mais ce n'était pas la même personne — pas du tout la même démarche.

— C'était moi, dit Rosaire Desrosiers sur un ton aussi triomphal que si on avait annoncé qu'il était le premier homme à mettre le pied sur Mars.

— Ensuite? demanda Martial Bergevin.

— Le deuxième homme est revenu en direction de l'hôtel quelques minutes plus tard. Finalement, je me suis habillé. Il était minuit passé. Je me demandais qui pouvait être resté sur la plage.

— Vous avez pas pensé une seconde que ça pouvait être la petite Lahaise? demanda Rosaire Desrosiers.

— Non, pas vraiment, hésita Pierre Germain.

Il faillit avouer qu'il avait espéré que la femme sur la plage serait plutôt Coco Langlais. Mais il n'en dit rien.

— Moi, poursuivit Rosaire Desrosiers, si j'avais été à votre place et si j'avais pensé que la petite était encore sur la plage, j'aurais été tenté d'aller la retrouver.

— Continuez, dit Martial Bergevin à l'intention de Pierre Germain en faisant signe à Rosaire Desrosiers de se taire.

— Je me suis approché. C'était elle. Morte. Elle avait du diachylon sur la bouche et sur les yeux.

— Pas de marques sur les fesses?

— Elle avait une espèce de rectangle rouge…

— Voyons, monsieur l'abbé, faut pas nous prendre pour des valises, dit Rosaire Desrosiers en se penchant vers Pierre Germain.

Il ouvrit le revers de la veste du prêtre et en tira un gros feutre rouge.

— Tiens, je gage que c'est la même encre qu'il y a sur les fesses de la petite.

Il y eut un long silence embarrassé.

— Je ne sais pas si vous allez comprendre... dit enfin Pierre Germain.

— Essayez toujours d'expliquer.

— J'avais envie de la toucher, mais je ne voulais pas le faire. J'avais peur de découvrir qu'elle était encore chaude, ou déjà froide, ou raide. Je ne sais pas ce qui m'a pris. La peur de la mort, peut-être. J'ai voulu la toucher avec quelque chose, sans laisser d'empreintes, uniquement pour m'assurer qu'elle était bel et bien morte. J'avais un feutre. J'ai enlevé le capuchon, et j'ai appuyé la pointe sur sa fesse, juste pour voir. C'était encore mou. Enfin, pas très mou, c'était quand même ferme...

— Comme des fesses de quinze ans, interrompit Rosaire Desrosiers à qui Martial Bergevin fit encore signe de se taire.

— Mais j'avais laissé une marque rouge avec le feutre. Et j'ai voulu changer cette trace témoin de mon passage. Comme je n'osais pas toucher sa peau pour la nettoyer, j'ai allongé le point que j'avais fait. J'ai tracé une ligne droite. J'ai failli faire une croix. Puis j'ai changé d'avis. J'ai fait un rectangle.

— Pourquoi un rectangle?

— Parce que ça ne voulait rien dire, justement. Vous comprenez?

— Non, c'est absolument abracadabrant, fit Martial Bergevin, mais c'est pour ça que je vous crois. En tout cas, ça me suffit. On rentre à l'hôtel. Vous allez tous les deux raconter votre histoire aux flics, et ils vont me ficher la paix.

— Pas sûr, affirma Rosaire Desrosiers.

— Pourquoi?

— Écoutez, vous connaissez pas ma réputation, mais disons que j'ai jamais passé pour un enfant de chœur. Un plombier, ça peut pas survivre si ça dit tout le temps la vérité. Puis l'abbé, je pense pas que son témoignage soit tellement facile à avaler. Si vous voulez mon avis, personne va croire notre histoire. La sienne, d'abord. La mienne ensuite. Puis la vôtre...

— C'est tout ce qu'on peut faire.

— Y a mieux que ça: on a rien qu'à trouver le vrai coupable. Et là, ils vont vous ficher la paix. Pas avant. Tant qu'ils vous ont entre leurs mains, ils chercheront pas ailleurs. Je connais la police. C'est pas tellement qu'ils sont incompétents, mais ils sont aussi paresseux que n'importe qui. S'ils ont quelqu'un qui a l'air coupable, pourquoi ils se fendraient en quatre pour trouver quelqu'un qui l'est mais qui en a pas l'air? Puis à part ça, faire une enquête pour prouver que vous êtes pas coupable de meurtre, c'est plus intéressant que chercher à savoir si une statue montre son cul.

Martial Bergevin hocha la tête, se pinça le nez, se gratta le crâne et manifesta encore une bonne demi-douzaine des signes de la perplexité la plus totale.

— Par-dessus le marché, renchérit Rosaire Desrosiers, vous pourriez découvrir la vérité sur la statue.

— D'accord, on y va.

— Est-ce que je peux faire quelque chose ici? demanda Pierre Germain que la crainte d'être entraîné avec les fugitifs venait de saisir.

— Non. Si la police vous interroge, dites la vérité. Mais vous ne savez pas où je suis passé.

Pierre Germain ouvrit la portière.

— Moi, à votre place, fit encore Rosaire Desrosiers, je jetterais mon marqueur rouge quelque part où personne va le trouver.

*   *   *

« Où est-ce qu'on va, patron? » demanda Rosaire Desrosiers lorsque Martial Bergevin eut pris place à plus d'un mètre de lui, sur l'immense banquette avant.

— À Montréal. Chez Gaby Théroux.

— C'est une maudite bonne idée, ça, patron.

La voiture démarra.

— En tout cas, il nous a pas dit toute la vérité, le petit curé, ricana Rosaire Desrosiers.

— Non?

— La petite était habillée quand il l'a trouvée. C'est lui qui l'a déshabillée.

— Pourquoi?

— Je suppose que les curés, ça a pas tellement souvent la chance de voir des filles toutes nues. Même mortes.

— Qu'est-ce qui prouve qu'elle était habillée quand il l'a trouvée?

— Moi. Je l'ai vue habillée cinq minutes plus tôt.

Martial Bergevin examina son compagnon de route à la lueur verdâtre qui émanait du tableau de bord. Mentait-il? Probablement pas. Il fut toutefois tenté de changer d'avis en lui demandant, lorsqu'ils prirent l'autoroute, pourquoi il l'aidait ainsi.

— Oh, expliqua Rosaire Desrosiers, j'ai déjà été soupçonné moi aussi. Je sais ce que c'est.

— Soupçonné de quoi?

— D'avoir fait exprès pour tuer mon père.

Comme Rosaire Desrosiers ne donnait pas plus de précision, Martial Bergevin se crut obligé de lui demander :

— Et vous ne l'aviez pas tué par exprès?

— Je pense pas.

*   *   *

Au même moment, Pierre Germain se rendit compte que son récit des événements de la nuit pouvait faire croire qu'il avait lui-même déshabillé le cadavre de la petite Lahaise, puisqu'il n'avait pas dit un mot de la confession de l'agent de la Gendarmerie royale.

Il passa une bonne partie de la nuit à tenter de décider s'il allait violer le secret de la confession ou laisser croire qu'il avait déshabillé la jeune fille morte.

Plus le matin approchait, plus le secret de la confession lui semblait chose démodée, voire immorale lorsqu'il protégeait un coupable ou condamnait un innocent.

GABY THÉROUX avait toujours été court sur pattes. Peu après son douzième anniversaire, une raclée que lui avait infligée le gang de jeunes Anglais de son quartier l'avait motivé à apprendre à se défendre. Un peu de boxe, puis la découverte de la lutte et de la musculation l'avaient rapidement transformé en un paquet de muscles capable d'affronter des adversaires qui le dépassaient d'une tête ou deux.

Il avait, quelques années plus tard, concouru en lutte gréco-romaine aux mêmes Jeux panaméricains que Gilbert Landreville, mais sans y remporter la moindre médaille.

Cela ne l'empêcha pas, à son retour au pays, de devenir lutteur professionnel et de suivre la progression inévitable de ce métier-là.

D'abord lutteur «scientifique et gentil», il profita de son style classique, de sa jeunesse et de sa petite taille pour s'attirer la sympathie du public. Mais il dut, à l'approche de la trentaine, se transformer en «méchant», tâche difficile avec un physique comme le sien. Afin de prétendre être une menace pour ses adversaires, il devait constamment mettre au point de nouvelles manières déloyales de passer à un cheveu de gagner les matches qu'il était forcé — par sa fonction de méchant déloyal — de perdre loyalement tôt ou tard.

Lorsque l'âge commença à l'empêcher d'obtenir des contrats en solo, il retrouva le chemin de la prospérité en faisant, sous le nom de Frenchie Frank, équipe avec Dakota Dick, catcheur grand et mince. Pendant sept ans, les deux lutteurs au physique contrastant, surnommés «les Mutt & Jeff du ring», parcoururent les stades du Canada et des États-Unis. Ils pratiquèrent tous les faux coups de salaud que leur suggérait leur imagination débordante, stimulée par les huées d'une foule déchaînée, ravie de payer le gros prix pour venir les détester.

Cette belle époque se termina le jour où les deux coéquipiers s'étaient étendus sous des palmiers, sur la plage de Miami, en compagnie de deux plus très jeunes passionnées de catch et de catcheurs. Une noix de coco s'était détachée de son arbre et avait écrasé le visage de Dakota Dick, qui n'en mourut pas mais fut incapable de reprendre la lutte, car le port d'un masque le faisait trop souffrir et son visage déformé lui faisait trop honte.

Gaby Théroux se retrouva seul. Ne parvenant ni à se faire embaucher sans partenaire ni à en recruter un nouveau, il revint à Montréal, s'improvisa promoteur de combats de catch dans une arène de quartier, fit faillite et dut se recycler en vendeur de vêtements pour la mercerie *Noël en toutes saisons*, spécialisée dans le prêt-à-porter pour tailles exceptionnellement grandes et exceptionnellement petites.

Comme Gaby Théroux était à la fois gros et court, il avait mieux que personne le physique de cet emploi.

Il gagnait relativement bien sa vie. Assez, en tout cas, pour rouler dans une énorme Cadillac blanche qu'il changeait tous les quatre ans, dès que paraissaient les premières taches de rouille sur la carrosserie qu'il polissait pourtant consciencieusement tous les dimanches.

Elle était son seul luxe. Ayant passé près de la moitié de sa vie à se faire détester sinon mépriser, il cherchait, tant par ses élégants vêtements que son patron Marcel Noël lui cédait au prix coûtant que par sa voiture luxueuse, à se faire aimer et respecter d'emblée de tous ceux et celles qu'il rencontrait.

Il était passé à un cheveu d'épouser une femme de dix ans plus jeune que lui. Elle lui avait annoncé, lors d'un repas au restaurant, qu'elle était enceinte. Pendant trois jours, ils avaient élaboré des projets de vie commune. Le quatrième jour, elle lui avait annoncé qu'elle venait de se faire avorter. Il lui avait balancé un coup de poing au visage qui l'avait envoyée par-dessus sa chaise. Ce n'était pas la première fois qu'il la frappait, mais ce fut la dernière. Ils ne se revirent jamais.

Gaby Théroux se lança quelques mois plus tard dans la lutte contre l'avortement. Dans un cas qui lui rappelait son humiliante interruption de paternité, un autre vendeur de *Noël en toutes saisons* s'était adressé aux tribunaux pour empêcher son ex-concubine de se faire avorter.

Ce fut une lutte épique, qui propulsa Gaby Théroux à l'avant-scène de l'opinion publique. Ses propos colorés et son physique spectaculaire, enveloppé dans des vêtements impeccables mais voyants, en firent un des adversaires de l'avortement les plus appréciés par les animateurs de tribunes libres à la télévision et à la radio.

À *Parlons-en*, il avait flanqué un coup de coude sur le nez de son voisin de studio, qui avait osé éclater de rire après qu'il eut déclaré : «Les femmes, c'est fait pour rester à la maison pour faire des enfants. C'est le bon Dieu qui a voulu ça comme ça.»

Il avait été condamné à treize mille dollars de dommages et intérêts, que le groupement Vive la vie avait payés pour lui. Et il avait, moyennant serment sur l'Évangile de ne plus jamais frapper un adversaire, été choisi comme porte-parole officiel du groupement, car il bénéficiait de l'appui de John S. Parkenton, qui disait de lui qu'il était le Canadien français le plus typique qu'il avait jamais rencontré.

Même si cette notoriété nouvelle donnait à Gaby Théroux l'impression d'être redevenu l'homme combatif qu'il avait été autrefois, il croyait lutter contre l'avortement parce qu'il était un homme de principes et de convictions, qui n'avait jamais manqué la messe du dimanche ni omis un signe de croix avant un combat.

Il se savait pécheur, mais était convaincu que ce qui comptait surtout, c'était l'exemple que l'on donnait à la population et en particulier à la jeunesse.

Ce matin-là, on sonna à sa porte à cinq heures du matin, et il se dit que cela devait être grave. Aussitôt, il songea qu'il pouvait y avoir un rapport avec l'affaire de Notre-Dame-des-Roses. Une manifestation, peut-être, pour réclamer le congédiement immédiat et définitif du journaliste de Radio-Canada qui avait essayé de leur faire mettre sur le dos le meurtre de la petite dévergondée?

Il se présenta à sa porte revêtu d'un élégant pyjama noir orné de fils dorés.

Mais il avait oublié de mettre ses lunettes, et ne vit presque rien lorsqu'un homme lui glissa rapidement une carte de crédit sous le nez en lui disant :

— Nous enquêtons sur la disparition de la statue de Notre-Dame des Roses.

Gaby Théroux commença par protester qu'il ne l'avait pas vue, mais l'homme, qui était beaucoup plus grand et aussi gros que lui, le bouscula et jeta un coup d'œil dans les différentes pièces de l'appartement.

— La voilà ! triompha-t-il en entrant dans la chambre.

Un autre homme, plus jeune et moins solidement bâti, le suivit.

La statue était étendue sur le lit défait. Il y avait, sur elle et autour d'elle, des taches d'un blanc douteux qui ressemblaient tellement à du sperme que ce ne pouvait être rien d'autre.

Les deux hommes examinèrent l'orteil brisé.

— Allez, racontez-nous ce que vous savez, dit Rosaire Desrosiers en poussant Gaby Théroux vers la cuisine.

Ils s'assirent tous les trois autour de la table. Gaby Théroux regarda le jeune homme et se dit qu'il l'avait déjà vu quelque part.

— Attendez, je vais prendre mes lunettes.

— Pas besoin de lunettes pour répondre à quelques petites questions, protesta Rosaire Desrosiers en tirant de la poche intérieure de sa veste le carnet qu'il utilisait pour prendre les notes essentielles à la préparation de ses devis de plomberie.

— Vous me promettez de rien dire à propos de...

— ... la statue de Notre-Dame des Roses désacralisée par un maudit cochon ? Non, on dira rien, personne nous croirait.

Vaguement rassuré, Gaby Théroux demanda :

— Qu'est-ce que vous voulez savoir?

— Quand est-ce que vous avez volé cette statue-là?

— Je l'ai pas volée, je l'ai remplacée par une autre pareille.

— Quand?

— Mardi soir. Vers deux heures du matin.

— Vous êtes retourné à Notre-Dame-des-Roses depuis?

— Non, j'ai été ici presque tout le temps. J'ai pris une semaine de congé. Demandez aux voisins: je suis jamais sorti plus qu'une heure depuis mercredi matin.

— Ouais, c'est louche, ça.

— Je vous jure...

Le petit jeune homme fit signe à l'autre que ça allait comme ça.

— Bon, ça ira comme ça, soupira le gros type.

— Ah oui, dit l'autre en se levant, ce n'est pas la vraie statue miraculeuse que vous avez. La vraie n'a pas d'orteil brisé.

Une immense déception envahit le visage de Gaby Théroux.

— Vous êtes sûr?

— Absolument.

*   *   *

«Au moins, dit Martial Bergevin en remontant dans la voiture, on sait maintenant où est la vraie statue, même si cela ne nous donne absolument rien de le savoir. »

— Puis on sait que le père Meunier a des problèmes de vision. Parce que si la vraie statue est ici, elle était pas à Notre-Dame-des-Roses samedi après-midi. Où est-ce qu'on va maintenant, patron?

Le «patron» soupira, réfléchit quelques instants.

*   *   *

Après le départ de ses visiteurs, Gaby Théroux s'était habillé. Il avait pris la statue à bras-le-corps, l'avait portée dans la douche, où il l'avait lavée à grande eau, en la caressant avec une éponge véritable, souvenir de Floride. Ensuite, il l'avait descendue dans la ruelle par l'escalier en colimaçon et l'avait déposée derrière un amoncellement de poubelles. Les éboueurs passaient généralement vers dix heures.

Il s'assura que personne ne le regardait, avant de donner à Notre-Dame des Roses un dernier baiser sur la bouche.

*   *   *

Martial Bergevin demanda à Rosaire Desrosiers de se garer dans une petite rue tranquille. Il retrouva dans sa poche le papier froissé sur lequel il avait dressé sa liste de suspects et y ajouta à tout hasard le nom de Gaby Théroux — qu'il ne soupçonnait pas vraiment, mais plus il y avait de noms sur sa liste, moins il se sentait coupable.

Tandis que son chauffeur, qui n'avait pas dormi de la nuit, en profitait pour faire un petit somme, il s'efforça de retracer patiemment, au verso de sa liste de suspects, les allées et venues des différentes statues de Notre-Dame des Roses. Pour les identifier plus aisément, il désigna chacune par une lettre de l'alphabet.

Pour commencer, Gaby Théroux avait pris la statue A, qui avait l'orteil gauche cassé d'après Agaric Meunier, et l'avait emportée chez lui, où elle était toujours.

Il avait laissé à sa place la statue B, sans orteil cassé, prise chez Ferencz Eimrath. Le lendemain, Rosaire Desrosiers avait remplacé la statue B par la statue C, toujours sans orteil cassé et de même origine.

A était donc chez Gaby Théroux, B chez Rosaire Desrosiers et C dans le parc. Mais Rosaire Desrosiers était menteur — il l'avait avoué lui-même. Et alors il avait pu ne pas avoir effectué de substitution ou en avoir fait deux en allant remettre B à la place de C. Et alors tout était possible. La seule chose à peu près certaine, c'était que A — la vraie statue — était toujours chez Gaby Théroux. À moins que Rosaire Desrosiers n'ait fait la toute première substitution et remarqué l'orteil cassé. Il aurait pu faire exprès pour casser l'orteil de C et alors Gaby Théroux aurait remplacé C par B, et A serait chez le plombier et non chez le lutteur.

Lorsqu'il eut rempli sa page de schémas sur les déplacements des statues, Martial Bergevin hésita encore à éveiller Rosaire Desrosiers.

Il alluma la radio. Son compagnon de route ouvrit les yeux, les frotta.

Martial Bergevin referma la radio et lui montra ses dessins représentant, sur le papier fripé, les différentes possibilités de pérégrinations de A, B et C.

Rosaire Desrosiers fut tenté de lui faire plaisir en convenant qu'une ou l'autre était juste. Mais de s'être fait tirer de son sommeil pour se faire réciter des litanies de statues ambulantes l'avait mis en rogne.

— Écoutez, patron, qu'est-ce que ça peut bien faire, cette maudite histoire de la statue qui se promène ? C'est toujours bien pas elle qui a tué Floralie Lahaise.

Martial Bergevin fut forcé de reconnaître que non. Il froissa la feuille et la jeta par terre. Rosaire Desrosiers lui fit de gros yeux parce qu'il n'aimait pas qu'on prenne sa Mercury pour un dépotoir. Le journaliste ramassa la boule de papier et la glissa dans sa poche.

— Si vous voulez une liste qui a du bon sens, proposa Rosaire Desrosiers, faites donc celle des gens qui sont allés sur la plage samedi soir. Le meurtrier est sûrement là-dedans.

Le temps que Martial Bergevin reconnaisse que son compagnon avait raison, celui-ci s'était rendormi. Il reprit sa feuille roulée en boule, la défroissa contre le tableau de bord et se mit à écrire du côté de la liste des suspects, mais à l'envers par rapport à celle-ci pour éviter que les deux niveaux d'écritures se confondent.

Lorsqu'il eut terminé, il ralluma la radio pour réveiller son compagnon.

— Écoutez ça, fit-il à Rosaire Desrosiers qui bâillait à s'en décrocher les mâchoires. Un peu avant neuf heures, Floralie Lahaise vient à l'hôtel pour me parler. Elle s'en va. Vers onze heures, d'après vous, elle revient. Elle repart avec le lieutenant Portelance. Pierre Germain entend des voix sur la plage. Une querelle. Probablement le lieutenant et Floralie. Vous revoyez le lieutenant à l'hôtel quelques minutes plus tard. Vous sortez à votre tour. Pierre Germain vous voit ensuite marcher sur la plage. Vous découvrez Floralie morte. Le lieutenant Portelance a pu la tuer. Sauf que Pierre Germain a vu sur la plage au moins une autre personne encore. Il y a donc trois suspects. Le lieutenant Portelance et un ou deux inconnus. À condition, bien entendu, de nous exclure tous les deux de la liste. Autrement, cela fait cinq suspects en tout. Qu'est-ce que vous en pensez?

— Qu'on a fait beaucoup de route pour pas trouver grand-chose.

— Qu'est-ce qu'on fait maintenant?

— On va manger une bouchée. Je connais une bonne brasserie à Saint-Henri. Je vous invite si vous payez.

* * *

Avant de descendre la côte vers Saint-Henri, Rosaire Desrosiers arrêta faire le plein à un poste d'essence libre-service. Il se plaça derrière un autre automobiliste qui remplissait son réservoir. Au moment de tourner la clé dans l'allumage, il regarda dans le rétroviseur.

— Je pense qu'on a de la compagnie. Retournez-vous pas.

Martial Bergevin jeta un coup d'œil dans le rétroviseur de son côté. Une voiture de la Sûreté du Québec venait de s'arrêter derrière eux. Pour faire le plein, sans doute.

— Oh, oh, murmura Rosaire Desrosiers.

Un agent sortait de la voiture, un calepin à la main, et examinait la plaque de la Mercury.

— Tenez-vous bien, patron.

Rosaire Desrosiers donna un coup sur le levier de vitesse, enfonça à fond l'accélérateur. La voiture partit en marche arrière et ne s'arrêta qu'après avoir enfoncé le radiateur de la Chevrolet de la SQ.

Il la mit ensuite en marche avant tout aussi brusquement, et la voiture s'élança en faisant crisser ses pneus et en effleurant le client qui faisait le plein et en échappa le pistolet à essence.

Martial Bergevin regarda derrière. Le policier s'était jeté de côté au sol pour éviter de se faire coincer entre les deux pare-chocs. Sa voiture semblait sérieusement amochée, et celle de Rosaire Desrosiers devait l'être presque autant.

— J'espère que vous n'avez pas abîmé le réservoir, dit Martial Bergevin.

— C'est pas grave, il est presque vide.

Après avoir négocié à toute vitesse les virages d'une série d'échangeurs, la voiture s'enfonça dans le tunnel Ville-Marie. Elle ressortit à l'autre bout, monta la rue Papineau, brûla un feu rouge à l'intersection de la rue Sainte-Catherine et s'engagea sur le pont Jacques-Cartier.

Martial Bergevin remarqua les panneaux interdisant une vitesse supérieure à cinquante kilomètres heure. Il se pencha vers le centre de la banquette pour lire l'indicateur de vitesse de la voiture. Il crut le voir osciller entre cent vingt et cent trente.

— C'est des milles ou des kilomètres?

— Je m'en sacre, grogna Rosaire Desrosiers.

La voiture circulait dans la voie du centre, libre de toute circulation. Martial Bergevin nota que cette voie était surmontée de feux rouges marqués d'un X. Il se retourna et constata que les X étaient verts dans l'autre direction. Cette voie n'était donc pas, comme il l'avait espéré, interdite à toute circulation en sens inverse. Mais ils arrivaient déjà — sains et saufs — à la sortie du pont, et la voiture se mit à zigzaguer de gauche à droite et de droite à gauche, se faufila entre des voitures dont les conducteurs, conscients de dépasser eux-mêmes largement la limite de vitesse, étaient surpris et humiliés de se faire doubler si rapidement. Martial Bergevin leur adressait un petit sourire d'excuse, qu'ils prenaient pour une grimace insolente.

— Là, on peut y aller, dit Rosaire Desrosiers avec une évidente satisfaction lorsqu'ils se retrouvèrent sur l'autoroute le long du fleuve Saint-Laurent.

Martial Bergevin s'enfonça encore un peu plus dans le dossier. Quelques instants plus tard, Rosaire Desrosiers tourna à droite pour prendre l'autoroute 20. Le journaliste n'osait pas regarder l'indicateur de vitesse. Le sourire béat de Rosaire Desrosiers prouvait que la voiture roulait à sa vitesse maximale.

En approchant d'un viaduc au-dessus de l'autoroute, Martial Bergevin aperçut trois voitures de la Sûreté du Québec qui le franchissaient à vive allure pour aller leur couper la route. Rosaire Desrosiers garda son calme, même s'il était évident que les voitures de police arriveraient à temps. Au dernier moment, il donna un petit coup de frein et un brusque coup de volant, traversa l'autoroute à angle quasi droit et prit la sortie. Il reprit l'autoroute à contresens et se mit à filer à fond de train vers l'est dans une des allées de gauche.

— J'ai déjà fait un reportage sur un type qui roulait dans l'allée de gauche sur une autoroute, dit Martial Bergevin d'une voix éteinte.

— Ah oui?

— Il voulait se suicider. Sept morts.

— Et lui?

— Presque rien.

— Qu'est-ce que je vous disais?

Rosaire Desrosiers zigzaguait d'une voie à l'autre pour éviter les véhicules arrivant en sens inverse. Le conducteur d'une semi-remorque, ne sachant quelle voie choisir pour éviter cette voiture qui passait d'une voie à l'autre, se mit à zigzaguer lui aussi.

Juste au moment où les véhicules allaient se tamponner, Rosaire Desrosiers donna un grand coup de volant et la voiture bondit sur le terre-plein, s'envola pendant quelques secondes et reprit la voie de droite vers Québec.

— J'aime mieux ça, dit Rosaire Desrosiers tandis que Martial Bergevin se demandait comment il avait pu éviter la crise cardiaque.

Derrière eux, sur la voie qu'ils venaient de quitter, la semi-remorque ne put éviter la première des voitures de la Sûreté du Québec, qui se mit à tourner comme une toupie après avoir heurté son aile gauche, puis capota sur le terre-plein. Les autres véhicules abandonnèrent la poursuite, leurs conducteurs préférant se porter au secours de leur camarade de travail et demander des renforts plutôt que de risquer leur vie pour intercepter ce conducteur fou.

— On va être tranquilles, maintenant, souffla Rosaire Desrosiers.

Il ralentit un peu. Beaucoup, même. Martial Bergevin trouvait qu'il passait vraiment d'un extrême à l'autre.

— Plus d'essence ! gémit Rosaire Desrosiers lorsque la voiture s'immobilisa sur l'accotement.

Bientôt, des sirènes se firent entendre et des petits points blancs apparurent à l'horizon, devant et derrière. Des voitures de la SQ encerclèrent la Mercury. Des agents dégainèrent leurs revolvers et les pointèrent vers ses occupants.

Rosaire Desrosiers découvrit qu'il était impossible de baisser les glaces à commande électrique de sa voiture lorsque celle-ci était en panne sèche. Il tenta d'ouvrir la portière de son côté en levant les deux mains au-dessus de sa tête, ce qui se révéla également irréalisable.

— Ouvrez la porte! cria-t-il au policier pâle de peur qui s'approchait en tenant à deux mains son revolver pointé droit dans les yeux de l'homme qui le terrorisait.

Un second agent s'avança et ouvrit la portière avec toute la méfiance dont est capable un homme armé face à deux hommes qui ont les mains croisées sur la tête.

— C'est vous, Martial Bergevin? demanda-t-il au conducteur de la voiture.

— Non, c'est lui. Moi, je suis là parce que la police me l'a demandé, dit Rosaire Desrosiers.

Son compagnon de route grimaça en entendant ce mensonge éhonté. Pourtant, c'était pure vérité.

LOUIS-PHILIPPE LAFONTAINE

était un policier tout à fait ordinaire, qui ne mettait pas plus souvent que ses collègues la main au collet des criminels. Il faisait son travail plutôt consciencieusement, mais sans se casser la tête, car vingt-cinq ans de métier l'avaient convaincu qu'un criminel de plus ou de moins en ce bas monde ne changeait pas grand-chose à l'avenir de l'humanité. Un assassin en liberté n'était pas plus dangereux qu'une pluie acide ou un médecin distrait ou encore un policier incompétent. Il n'avait donc pas bronché en apprenant que l'affaire-de-la-Sainte-Vierge-qui-montre-son-cul était devenue l'affaire-de-la-petite-punk-trouvée-morte-sur-la-plage.

Il était prêt à remuer ciel et terre pour neutraliser un assassin qu'il croyait susceptible de recommencer. Mais dès qu'il sentait qu'un meurtre était un crime isolé, il prenait tout son temps et un peu plus encore pour en trouver l'auteur, en sachant que, dès qu'il l'aurait démasqué, le Bureau des enquêtes criminelles lui refilerait une autre investigation, peut-être plus difficile à mener à son terme.

Dans le cas du meurtre de Floralie Lahaise, il ne pouvait imaginer qu'un maniaque terrorise la région en assommant des jeunes filles à coups de pierre et en leur mettant du diachylon sur la bouche et les yeux. Il voyait là un meurtre isolé et banal d'une certaine manière. Un accident plus ou moins volontaire qui méritait certes d'être puni, mais qui n'exigeait pas qu'on déploie le plus grand zèle avec la plus grande célérité.

Il avait aussi, la veille, constaté qu'il avait une chance exceptionnelle : le suspect le plus évident était un jeune journaliste qu'on disait brillant. Et Louis-Philippe Lafontaine avait passé plusieurs heures à se demander de quelle manière il pourrait profiter des talents et surtout de l'enthousiasme de néophyte du journaliste pour trouver l'assassin véritable de Floralie Lahaise, car il était convaincu que ce n'était pas lui. En lui faisant croire qu'il était le principal suspect et qu'il était en « détention prohibitoire » — expression de son invention —, il espérait le faire fuir dès que le sergent Caron le laisserait seul. Il avait même fait « oublier » une échelle sous sa fenêtre. Mais le prisonnier restait dans sa chambre et ne semblait guère tenté de partir à la recherche du véritable assassin. C'est alors que le capitaine avait songé à confier à Rosaire Desrosiers un rôle qui lui permettrait de conclure son enquête en fumant sa pipe au bar Panaméricain, dont il avait fait son quartier général puisque le lieutenant Portelance et les autres agents y avaient déjà établi le leur. Rosaire Desrosiers avait accepté avec joie. Il était flatté — comme bien des gens l'auraient été à sa place — de devenir détective, ce qui est bien plus amusant qu'être plombier ou même informateur de politiciens.

Le capitaine Lafontaine n'avait négligé qu'une chose : mettre le lieutenant Portelance au courant de son plan avant d'aller se coucher. Le policier avait vu la voiture de Rosaire Desrosiers rôder aux environs de l'hôtel. Et il avait lancé un avis de recherche lorsque le sergent Caron lui avait fait part de la disparition du prisonnier.

Tandis qu'au début de l'après-midi il regardait sa montre en se disant que le journaliste et son comparse étaient peut-être en ce moment précis sur le point de découvrir l'identité de l'assassin, ne voilà-t-il pas que le lieutenant Portelance lui emmenait fièrement les deux fugitifs et les faisait s'asseoir à sa table, dans un coin du Panaméricain.

Louis-Philippe Lafontaine eut un regard de reproche à l'endroit du jeune policier qui sourit béatement, car il était peu doué dans l'interprétation des physionomies et ne savait pas distinguer un regard furieux d'un regard admiratif.

— Est-ce que votre enquête est terminée ? demanda-t-il à Rosaire Desrosiers.

— On a pas trouvé grand-chose.

Le journaliste regarda Rosaire Desrosiers avec stupéfaction. Louis-Philippe Lafontaine se sentit obligé de donner des explications.

— D'une certaine manière, je vous ai chargés tous les deux de faire enquête à ma place. Les gens sont plus portés à dire la vérité à un accusé en fuite qu'à un policier. En tout cas, ils ne disent pas la même chose. Et monsieur Desrosiers a accepté de me prêter son concours…

Martial Bergevin n'en croyait pas ses oreilles. Il interrompit le policier :

— Vous voulez dire qu'on a roulé à cent quarante à l'heure sur la voie de gauche d'une autoroute…

— Cent quatre-vingt-quinze, corrigea Rosaire Desrosiers en souriant avec modestie.

— … et que c'était arrangé avec la police?

— Pas tout à fait, protesta le capitaine. Portelance n'était au courant de rien. Sinon, vous seriez encore en train de courir après l'assassin.

— Et qu'est-ce qui prouve que ce n'est pas lui, l'assassin? lança Martial Bergevin en levant un doigt accusateur en direction du lieutenant. Pierre Germain les a entendus se quereller sur la plage…

L'accusé se sentit obligé d'intervenir.

— C'est vrai que je suis allé sur la plage vers onze heures, avec la petite Lahaise. Au Panaméricain, elle m'avait laissé entendre qu'elle… en tout cas que je ne lui déplaisais pas. Mais, une fois sur la plage, elle m'a demandé cinquante dollars. J'ai refusé. Elle m'a dit qu'elle était enceinte et qu'elle voulait se faire avorter aux États-Unis, parce que le père menaçait de demander une injonction.

— Vous l'avez crue?

— Oui. D'ailleurs, le médecin légiste m'a confirmé qu'elle était enceinte, mais depuis quelques jours seulement. Je ne vous l'avais pas dit?

Martial Bergevin réagit-il? Pas assez pour que Louis-Philippe Lafontaine, qui l'observait intensément du coin de l'œil, le remarque.

— D'après lui, continua le lieutenant Portelance, elle ne pouvait pas le savoir. Mais il m'a dit aussi que certaines femmes sont capables de sentir quand elles ont conçu. En tout cas, quand je suis parti de la plage,

Floralie Lahaise était bien vivante. Elle m'a traité de tous les noms. Mais je ne l'ai pas touchée.

Martial Bergevin le croyait-il ? Peut-être…

— Early Morning, dit soudain le capitaine Lafontaine.

Martial Bergevin regarda sa montre : on était l'après-midi, pas du tout le matin.

— Le tabac à pipe, c'est du Early Morning de Dunhill, expliqua le capitaine.

Il s'était tourné vers la porte. Agaric Meunier venait d'entrer dans le Panaméricain, pipe au bec.

— Vous avez du bon tabac, lui lança cordialement le capitaine.

— Oui, c'est du Donile Oylémanigne, confirma Agaric Meunier en s'approchant de Martial Bergevin. C'est vrai qu'ils vont vous pendre ?

— C'est à eux qu'il faut le demander, répondit le journaliste en désignant les policiers.

— À votre place, je ferais pas ça, dit simplement le vieillard en ressortant par la porte donnant sur le stationnement.

— Je pense, dit le capitaine Lafontaine, que cela clôt notre interrogatoire pour l'instant. Vous êtes libre.

— Libre ?

— Disons que tant que vous resterez à Notre-Dame-des-Roses nous ne vous courrons pas après. Pour l'instant, vous êtes seulement inculpé de résistance à une arrestation.

— Moi ? Mais je n'ai pas résisté du tout. C'est monsieur Desrosiers qui...

— On verra ça plus tard.

*   *   *

237

À l'heure habituelle, Martial Bergevin se dirigea vers le parc Notre-Dame-des-Roses. Agaric Meunier y était déjà. À part lui, le parc était désert. Il ne pleuvait pas, mais on sentait le ciel tout prêt à laisser tomber une pluie fine et froide. Le journaliste s'assit à côté du vieillard.

— Pensez-vous qu'elle va le faire aujourd'hui? lui demanda-t-il pour dire quelque chose.

— Elle ferait mieux…

— Pourquoi?

— Parce que.

Ils passèrent une demi-heure en silence. La pluie, fine mais moins froide qu'on s'y serait attendu, se mit à tomber. Ils étaient de plus en plus trempés, mais cela ne semblait les déranger ni l'un ni l'autre. Martial Bergevin ressassait la question qui lui était venue tandis qu'il écoutait le lieutenant Portelance: «Était-elle enceinte de moi?»

Pendant quelques instants, il se retrouva sous le charme de Floralie Lahaise. C'était une fille comme il n'en avait jamais connue. On ne s'ennuyait pas avec elle. Elle avait à la fois de la joie de vivre, de l'intensité, une espèce de profondeur sans fard… À bien y penser, si elle lui avait annoncé qu'elle était enceinte de lui, il lui aurait offert le mariage. Ou au moins de venir vivre avec lui en ville. Non: le mariage, s'il ne voulait pas être accusé de détournement de mineure. On n'a pas le droit de coucher une nuit avec une fille de quinze ans, mais on a le droit de la rendre misérable jusqu'à la fin de ses jours si on la marie. Floralie Lahaise n'avait rien de l'épouse typique d'un journaliste de Radio-Canada. Mais, un peu mieux vêtue qu'elle ne l'était, elle aurait fait bien des jaloux en allant chercher son mari dans un studio. Il aurait, en tout cas, offert de l'aider à garder son bébé — leur bébé.

Mais Floralie était morte. Il n'y avait plus de bébé. Leur histoire d'amour n'avait duré qu'une seule nuit, pendant laquelle il n'avait pas été fichu de dire «je t'aime» une seule fois.

Il allait se lever, lorsque Agaric Meunier lui dit :

— Si jamais vous la voyez, je serais prêt à vous donner, je sais pas, moi, cinq dollars...

Martial Bergevin sourit. Ce pauvre vieux tenait tellement à voir sa statue bouger qu'il était prêt à payer pour qu'on lui dise qu'il n'était pas le seul à la voir.

Le journaliste resta assis à côté du vieillard, de longues minutes encore. La pluie cessa et un vent chaud se mit à souffler du fleuve. Il en parvenait à oublier ses ennuis des deux derniers jours. Et il lui prit l'envie de venir s'installer là à demeure pour regarder couler ce cours d'eau qui semblait ne pas couler du tout. Perdre toute ambition. Devenir garçon de table à l'hôtel Médaille de bronze. Fuir tout ce qu'il avait commencé à poursuivre : la gloire, la fortune et l'illusion de la vérité.

Il ne se rendit pas compte du départ d'Agaric Meunier. Tout à coup, il sentit qu'il était seul et il regarda en direction du presbytère. Agaric Meunier s'éloignait de son petit pas tranquille de petit vieux.

*　　*　　*

Martial Bergevin refusa deux invitations à dîner — la première de Coco Langlais, l'autre de Marie-Claire Labelle.

Il alla se coucher tôt, mais dormit peu. Tranquillement, aussi tranquillement que le pas du père Meunier, il commençait à mettre ensemble des bouts de conversation, des faits insignifiants, des parcelles incertaines de vérité.

*   *   *

Il se leva en même temps que le soleil et remit sa douche à plus tard. Par contre, sa barbe de deux jours était inconfortable. Il entreprit de se raser au-dessus du petit évier qui occupait un coin de la chambre. Il mit en marche le rasoir électrique, approcha son visage du miroir.

C'est à peine s'il se reconnut. Il avait pris cinq ans — dix, peut-être — depuis la dernière fois qu'il s'était vu dans une glace. Et ce n'était pas seulement à cause de la barbe qui avait poussé. Ni des traits tirés par la fatigue. C'était quelque chose dans le regard, qui effaçait son visage de jeune homme ambitieux, gâté par une vie qu'il n'avait pas encore vécue mais qui s'annonçait pleine de promesses satisfaites.

Même lorsqu'il eut terminé de se raser, l'impression d'être devenu un autre homme — bien différent de celui qu'il aurait aimé devenir — subsista. Il eut envie de renoncer à ce qu'il avait décidé de faire. Mais il n'avait plus le choix.

«Est-ce le sens du devoir ou la curiosité?» se demanda-t-il en frappant à la porte de Coco Langlais.

— Entrez, dit-elle à voix basse.

Le sergent Caron dormait à son côté.

Martial Bergevin fit signe à la camérawoman qu'il avait besoin d'elle. Il alla ensuite frapper à la porte d'Agaric Meunier.

— Qui c'est? demanda une voix chevrotante.

— Martial Bergevin, de Radio-Canada.

La porte s'ouvrit un instant plus tard. Le journaliste pénétra dans la chambre.

Gilbert Landreville, pour accueillir ses vieillards à bas prix, n'avait pas ménagé que sur la nourriture. Il avait aussi fait diviser en deux certaines des chambres. Celle d'Agaric Meunier avait juste de quoi contenir un petit lit de fer, une commode bancale, une minuscule table de chevet et une vieille chaise berçante dont les patins avaient été enlevés sous prétexte que les voisins du dessous la trouvaient trop bruyante. Rien, sur les murs jaunis, qu'un calendrier de pharmacie, plus jauni encore. Martial Bergevin s'en approcha : c'était un calendrier de 1962, avec une grande illustration représentant un poisson — une truite, sans doute, ou un achigan, car il ne connaissait pas grand-chose à la pêche sportive — qui sautait hors de l'eau avec une cuiller rouge prise dans sa gueule.

— C'est le même que cette année, expliqua Agaric Meunier. J'aime pas les calendriers neufs. Je garde les vieux. Ils sont bons tous les sept ans, vous savez.

Il régnait là une odeur de petit vieux. Pas de tabac, parce que Gilbert Landreville l'interdisait dans les chambres des pensionnaires. «Quand vous allez partir, dans cinq ou dix ans, vous allez pas emporter l'odeur avec vous au paradis», expliquait-il. Agaric Meunier pouvait fumer — mais seulement dans le bar ou à l'extérieur de l'hôtel.

Martial Bergevin devina toute cette misère. Avec un peu de chance, il l'éviterait quand il atteindrait l'âge d'Agaric Meunier. Mais peut-on être sûr de ce que réserve l'avenir? Il hésita à poursuivre son projet. Pourtant, il le fallait.

— J'ai besoin de vous, dit-il.

— Oui?

Agaric Meunier redressa le buste, avec fierté. Il y avait longtemps qu'on ne lui avait pas dit qu'on avait besoin de lui.

— J'arrive, dit-il en prenant sa pipe et sa blague à tabac.

— Viens nous rejoindre au parc avec la camionnette, dit le journaliste à Coco Langlais qui refermait doucement la porte de sa chambre.

Il sortit avec le vieillard en passant par la cuisine, déserte à cette heure. Ils marchèrent lentement jusqu'au parc sans rencontrer personne. Agaric Meunier s'assit à sa place habituelle.

Coco Langlais avait entrepris d'installer son matériel du côté du presbytère, pour filmer le vieillard de profil.

— Tu tournes tout, lui dit Martial Bergevin. En gros plan sur lui tout le temps.

— C'est pour la télévision? demanda Agaric Meunier d'une voix inquiète.

— Non. C'est seulement pour moi.

Agaric Meunier sembla rassuré. Martial Bergevin s'assit à son côté. Coco Langlais fit signe qu'elle était prête à commencer.

— Vous savez que j'ai eu beaucoup d'ennuis, dit le journaliste.

— J'ai pas fait exprès.

— Je sais. Vous avez vu Floralie Lahaise, l'autre soir?

— Oui. Je dormais pas. Je suis venu ici. Des fois, quand je dors pas, je sors par en arrière puis je viens fumer une pipe. Il y avait du monde sur la plage. Je suis allé faire un tour, parce que ça parlait fort. Quand je suis arrivé, y avait plus rien que la petite Lahaise.

— Vous en avez parlé à la police?

— Ils m'ont demandé si du bruit m'avait réveillé. J'ai dit non, parce que je dormais pas.

— Racontez-moi ce qui s'est passé.

— Elle voulait de l'argent.

— Elle vous a dit pourquoi?

— Sa grand-mère est bien malade, il paraît.

— Vous lui en avez donné?

— Non. Je pense pas que sa grand-mère soit malade. Puis elle m'avait déjà coûté assez cher comme ça.

— Comment?

— Au commencement, je lui ai donné de l'argent pour qu'elle vienne avec moi au parc, parce que je voulais savoir si j'étais le seul à voir la Sainte Vierge bouger. Mais je lui ai pas dit pourquoi. L'autre soir, sur la plage, elle m'a dit qu'elle avait rien vu, qu'elle avait tout inventé quand elle a deviné que c'était pour ça que je voulais la payer. Puis quand j'ai plus voulu la payer, elle a pensé qu'elle pouvait continuer à faire de l'argent avec la Sainte Vierge. Elle m'a dit qu'elle allait vendre son histoire à la télévision puis que j'aurais pas un sou. Mais je sais pas si je la crois — elle était pas mal menteuse, vous savez. Des fois, je me dis qu'elle mentait quand elle disait qu'elle avait vu la Sainte Vierge bouger. D'autres fois, je pense que c'est quand elle m'a dit que c'était pas vrai qu'elle mentait.

— Mais vous l'avez vue, vous?

— Moi, j'ai seulement vu comme une femme qui bougeait. Puis je l'ai vue juste deux fois, ça fait que je peux pas être sûr, sûr.

— Pourtant, avant-hier, vous m'avez dit que vous l'aviez vue bouger?

— C'était pas vrai. C'était parce que j'avais peur que tout le monde s'en aille. C'est à cause de Gilbert Landreville. Il m'a dit que tant que l'hôtel serait plein de monde à cause du miracle, je payerais pas de pension.

Martial Bergevin commençait à comprendre.

— Puis en plus, il me donnait du poulet. Du saumon, une fois. Du frais, à part ça, qu'il avait pas vendu aux touristes depuis trois jours, mais quand même. J'avais assez d'argent pour acheter du bon tabac. Du Donile Oylémanigne. C'est anglais. Je le fais venir de Montréal. Il sent bon, je trouve, même pour le monde qui en fume pas.

Martial Bergevin ne savait plus quoi dire. Floralie Lahaise était-elle morte parce qu'un vieux voulait manger du poulet et s'acheter du tabac anglais?

— La petite Lahaise a appris que Landreville me donnait du poulet puis de l'argent. Ça fait qu'elle voulait sa part. Mais j'ai essayé de lui expliquer qu'à ce moment-là j'aurais plus de quoi acheter du tabac anglais. Le poulet, c'est pas grave, j'aime pas tellement ça.

Martial Bergevin avait sa réponse: Floralie était morte seulement pour le tabac anglais.

— Je voulais pas. Elle s'est fâchée. Elle a dit qu'elle me dénoncerait. Elle m'a lancé une roche. Là.

Il entrouvrit sa chemise. Sous celle-ci, bien qu'on en ait été aux premières journées vraiment chaudes de l'année, il portait une épaisse camisole, qu'il souleva pour dévoiler une ecchymose de bonne taille.

— Je me suis penché, j'ai pris un gros galet. Elle s'est approchée. J'ai levé le galet et je lui ai donné un coup sur la tête. Elle est tombée. Je suis parti. Elle s'est noyée, paraît. Si j'avais su qu'elle se noierait, je pense que je l'aurais sortie de l'eau ou que j'aurais été chercher quelqu'un. Mais je savais pas. Je pensais qu'elle était juste sans connaissance. Ou qu'elle faisait semblant. Elle était capable.

Martial Bergevin faillit se fâcher : le vieillard avait tué une jeune fille et il ne ressentait aucune culpabilité. Il ne s'en voulait même pas de l'avoir laissée mourir dans l'eau, comme un poisson accroché par les ouïes à la chaînette d'un pêcheur.

— Pensez-vous que ce que je vous dis là va les empêcher de vous pendre ? demanda encore Agaric Meunier.

— Oui, ça devrait suffire.

Il regarda en direction de Coco Langlais, lui fit signe de couper. À côté d'elle, le capitaine Lafontaine regardait la scène, impassible, une oreille collée à la moitié d'un casque d'écoute, l'autre moitié de celui-ci étant tenue par Marie-Claire Labelle qui essuya une larme. Ou fit semblant.

* * *

Le capitaine Lafontaine s'approcha d'Agaric Meunier et lui demanda de venir avec lui voir un médecin. Sans trop comprendre pourquoi, Agaric Meunier se laissa conduire à l'hôpital de Rimouski, où le policier le confia à un de ses amis.

— Je veux savoir pour combien de temps il en a.

— Je ne peux quand même pas prédire à quel jour et à quelle heure il va mourir.

— Non. Dis-moi seulement s'il en a pour un an ou pour dix.

— C'est important ?

— Pour lui, un peu. Pour moi, beaucoup.

Agaric Meunier avait un cœur encore solide, mais des poumons en mauvais état. Il tenta en vain d'intéresser le médecin à une bosse qu'il avait au doigt.

— Je serais étonné qu'il vive plus de six mois ou un an, dit le médecin à Louis-Philippe Lafontaine. Mais j'en ai vu des comme ça vivre encore dix ans.

— Ça me suffit comme approximation.

*   *   *

Au même moment, Martial Bergevin faisait ses adieux à Coco Langlais.

— J'espère, lui dit-il, que tu viendras un jour à Montréal. Et qu'on travaillera ensemble.

— Moi aussi.

— J'espère aussi que tu finiras par cesser de coucher avec des imbéciles.

— Si je rejette tous les imbéciles, aussi bien redevenir vierge. À part ça, c'est eux qui baisent le mieux.

*   *   *

Au coucher du soleil, Martial Bergevin retourna une dernière fois au parc Notre-Dame-des-Roses. Agaric Meunier était là, avec sa pipe. Le journaliste s'assit à côté de lui. Ils restèrent longtemps silencieux.

— Vous pensez que c'est vrai ? demanda tout à coup Agaric Meunier.

— Que quoi est vrai ?

— Que la statue a bougé ?

— Vous êtes le seul à pouvoir le dire. Ça vous fait plaisir de le croire ?

— J'aimerais bien ça, que la Sainte Vierge se soit donné la peine de venir sur Terre juste pour que moi je la voie.

— Pensez donc que c'est vrai, si ça vous fait plaisir.

Martial Bergevin se leva.

— Et puis, si jamais vous manquez de tabac anglais, écrivez-moi, je vous en ferai envoyer.

Il faillit ajouter : « Surtout, ne tuez plus jamais personne pour ça. » Mais il lui tendit sa carte sans dire un mot.

Agaric Meunier la regarda attentivement, hocha la tête pour marquer son approbation même s'il la regardait à l'envers et la glissa dans sa poche.

*   *   *

Un tout petit peu embêté de ne pas avoir de coupable à annoncer, Louis-Philippe Lafontaine dicta au lieutenant Portelance le signalement d'un homme à moustache gauloise, qu'il avait vu rôder à l'hôtel Médaille de bronze et qui était reparti. On ne savait rien de lui et il ne pouvait pas être le coupable. Il ne risquait rien.

De toute façon, on ne le trouva jamais. Peut-être parce que le traducteur de la GRC rendit « homme de grande taille avec moustache gauloise » par *man wearing a large tie, with a mustache and a Welsh accent.*

PRESQUE TOUS les acteurs de cette histoire en subirent des conséquences plutôt fâcheuses. C'est ainsi que, plusieurs mois plus tard…

Coco Langlais était devenue camérawoman pour *La Roulette chanceuse*, à Montréal.

Pierre Germain commençait à regretter d'avoir demandé et obtenu un poste de curé de campagne. Il soupçonnait ses ennemis d'avoir fait exprès de l'envoyer à Saint-Pierre-les-Becquets, dont il trouvait le nom intolérablement inesthétique.

Rosaire Desrosiers se préparait à poser sa candidature à la mairie de Notre-Dame-des-Roses, sous la bannière de son nouveau parti : la Réconciliation nationale. Serge Raymond avait refusé de lui serrer la main, mais lui avait presque promis de l'appuyer.

Gaby Théroux attendait son procès dans une sordide histoire de mœurs à propos de la fillette qu'il avait gardée un soir pour une voisine.

Justin Demers n'était rentré ni à Sainte-Famille-de-Dorchester, ni à Ottawa. Réfugié à La Tuque, il se demandait s'il allait continuer à gaspiller avec des filles faciles l'argent de son ex-employeur, ou s'il allait acheter un dépanneur avec ce qui lui restait.

Agaric Meunier était vivant et n'avait aucun autre problème de santé que la bosse à son doigt. Mais il ne fumait plus que du tabac bon marché et passait chaque jour de longues minutes à essayer de retrouver la carte du petit jeune homme de la télévision.

Marie-Claire Labelle avait dit à Martial Bergevin : «On devrait se marier, ne crois-tu pas?» Et il n'avait rien trouvé de mieux à dire que : «C'est une idée.»

La statue B (ou C) était dans le parc Notre-Dame-des-Roses, en meilleur état que celle qu'elle remplaçait. Le curé Gendron avait supposé qu'une de ses paroissiennes l'avait nettoyée pour rendre hommage à Dieu.

La statue C (ou B) était tombée dans l'oubli, au fond d'un placard chez Rosaire Desrosiers.

La statue A, la «vraie», avait été emportée dans un dépotoir. Un des éboueurs avait été tenté de la garder pour essayer de la vendre, mais avait remarqué l'orteil cassé qui lui enlevait sûrement beaucoup de valeur.

Le Premier ministre n'était plus Premier ministre. Le président restait président jusqu'aux prochaines élections.

Et le pape était toujours pape. Pour l'éternité, semblait-il. Il lui arrivait souvent, le soir, en sirotant sa dernière vodka jus d'orange, de relire la traduction du message chiffré qu'il avait reçu de son nonce apostolique au Canada : «Nous regrettons d'informer Votre Sainteté que la Gendarmerie royale du Canada est incapable de lui fournir la preuve demandée.»

BIBLIOGRAPHIE

Œuvres de François Barcelo

Agénor, Agénor, Agénor et Agénor, roman, Montréal, Les Quinze, 1981. Réédité en 1988 et en 2001 dans la collection « Typo », Éditions de l'Hexagone.

La tribu, roman, Montréal, Libre Expression, 1981 (mention spéciale du jury du Prix Molson). Réédité en 1998 dans BQ.

Ville-Dieu, roman, Montréal, Libre Expression, 1983. Réédité en 1999 dans BQ.

Courir à Montréal et en banlieue, guide pratique, Montréal, Libre Expression, 1983.

Aaa, Aâh, Ha ou les amours malaisées, roman, Montréal, L'Hexagone, 1986.

Nulle part au Texas, roman, Montréal, Libre Expression, 1989. Réédité en 2002 dans la collection « Zénith».

Les plaines à l'envers, roman, Montréal, Libre Expression, 1989. Réédité en 2002 dans BQ.

Je vous ai vue, Marie, roman, Montréal, Libre Expression, 1990.

Ailleurs en Arizona, roman, Montréal, Libre Expression, 1991. Réédité en 2002 dans la collection « Zénith».

Le voyageur à six roues, roman, Montréal, Libre Expression, 1991. Réédité en 2003 dans BQ.

Longues histoires courtes, nouvelles complètes (1960-1991), Montréal, Libre Expression, 1992.

Pas tout à fait en Californie, roman, Montréal, Libre Expression, 1992. Réédité en 2002 dans la collection « Zénith».

De Loulou à Rébecca (et vice versa, plus d'une fois), roman, Montréal, Libre Expression, 1993 (sous le pseudonyme d'Antoine Z. Erty).

Moi, les parapluies..., roman, Montréal, Libre Expression, 1994. Réédité en 1999 dans la collection « Série noire », Éditions Gallimard.

Vie de Rosa, roman, Montréal, Libre Expression, 1996.

Vie sans suite, roman, Montréal, Libre Expression, 1997.

Premier boulot pour Momo de Sinro, roman jeunesse, Montréal, Québec Amérique, 1998.

Cadavres, roman, Paris, Gallimard, coll. « Série noire », 1998. Réédité en 2002 dans la collection « Folio policier ».

Pince-nez le crabe en conserve, roman jeunesse, Montréal, Éditions Pierre Tisseyre, 1999.

Tant pis, roman, Montréal, VLB Éditeur, 2000.

Premier trophée pour Momo de Sinro, roman jeunesse, Montréal, Québec Amérique, 2000.

Chiens sales, roman, Paris, Gallimard, coll. « Série noire », 2000.

Une histoire de pêche, roman, Copenhague, Gyldendal, coll. « Fiction française », 2000.

J'enterre mon lapin, roman, Montréal, VLB Éditeur, 2001.

Écrire en toute liberté, essai, Trois-Pistoles, Éditions Trois-Pistoles, 2001.

Première blonde pour Momo de Sinro, roman jeunesse, Montréal, Québec Amérique, 2001.

L'ennui est une femme à barbe, Paris, Gallimard, coll. « Série noire », 2001.

Première enquête pour Momo de Sinro, roman jeunesse, Montréal, Québec Amérique, 2002.

Petit héros dit ses premiers mots, album jeunesse illustré par Marc Mongeau, Montréal, Les 400 coups, 2002.

Petit héros fait ses premiers pas, album jeunesse illustré par Marc Mongeau, Montréal, Les 400 coups, 2002.

Carnets de campagne, album illustré d'aquarelles de Jean-Paul Ladouceur, Montréal, Les Heures Bleues, 2002.

Premier voyage pour Momo de Sinro, roman jeunesse, Montréal, Québec Amérique, 2003.

Route barrée en Montérégie, roman, Libre Expression, Montréal, 2003.

Études

ALLARD, Jacques, *Le roman mauve. Microlectures de la fiction récente au Québec,* Montréal, Québec Amérique 1997. Cf. p. 29-32, « Ici faisons humour sur amour » (*Longues histoires courtes*) ; p. 57-59, « Le Québécois en zigzagueur » (*Pas tout à fait en Californie*) ; p. 362-365, « Le bonheur de l'imprévisible » (*Vie de Rosa*).

MARTEL, Réginald, *Le premier lecteur. Chroniques du roman québécois, 1968-1994,* Montréal, Leméac, 1994. Cf. p. 38-40, « Un talent fou, un livre fou » (*Agénor, Agénor, Agénor et Agénor*).

VAUTIER, Marie, *New World Myth Postmodernism & Postcolonialism in Canadian Fiction.* Cf. p. 208-231, 258-266, 268-269, 272-277 (*La tribu*).

Quelques critiques de Je vous ai vue, Marie

BELLEMARRE, Yvon, « Je vous ai vue, Marie », *Québec français,* été 1991.

BOIS, Ann, « That's no ordinary miracle, that's a Barcelo novel », *The Gazette,* 30 octobre 1990.

BOIVIN, Jean-Roch, « Statue : écrivain », *Voir,* 27 septembre 1990.

LEFEBVRE, Jean, « Je vous ai vue, Marie », *Nuit blanche,* mai 1991.

MARTEL, Réginald, « Pour François Barcelo, faire rire est une affaire sérieuse », *La Presse,* 23 septembre 1990.

Interviews

« Le rôle de l'écrivain selon François Barcelo : ébranler les convictions », Lucie Côté, *La Presse,* 30 janvier 2000.

« La grande traversée », Lise Lachance, *Le Soleil,* 29 janvier 2000.

« La résignation heureuse », Pierre Cayouette, *Le Devoir,* 26-27 avril 1997.

« Les bonheurs de l'écrivain mineur », Réginald Martel, *La Presse*, 6 avril 1997.

« L'écrivain démythifié », Anne-Marie Voisard, *Le Soleil*, 12 avril 1997.

« Je suis un écrivain, un point c'est tout », propos recueillis par Claude Grégoire, *Québec français*, été 1990.

« François Barcelo, portrait d'un jogger heureux », Jean Royer, *Écrivains contemporains. Nouveaux entretiens*, Montréal, Trait d'union, 1999, cf. p. 191-194.

« J'ai Barcelo dans la peau ! », Jean Lefebvre, *Nuit blanche*, printemps 1984.

« François Barcelo, romancier : refaire le monde », Réginald Martel, *La Presse*, 19 mars 1983.

« Les cadavres d'un homme exquis », Mélanie Saint-Hilaire, *L'actualité*, 1er septembre 1999.

Site Internet

www.barcelo.ca.tc

AGMV Marquis

MEMBRE DE SCABRINI MEDIA

Québec, Canada